主编　凌翔　　　　　　　当代著名作家美文自选集

晒自己的太阳

黄森林　著

民主与建设出版社
·北京·

图书在版编目（CIP）数据

晒自己的太阳 / 黄森林著 . —北京：民主与建设
出版社，2019.12
ISBN 978-7-5139-2753-6

Ⅰ.①晒… Ⅱ.①黄… Ⅲ.①散文集—中国—当代
Ⅳ.① I267

中国版本图书馆 CIP 数据核字（2019）第 248177 号

晒自己的太阳
SHAI ZIJI DE TAIYANG

出 版 人	李声笑	
著　　者	黄森林	
责任编辑	周佩芳	
封面设计	陈　姝	
出版发行	民主与建设出版社有限责任公司	
电　　话	（010）59417747　59419778	
社　　址	北京市海淀区西三环中路 10 号望海楼 E 座 7 层	
邮　　编	100142	
印　　刷	唐山楠萍印务有限公司	
版　　次	2020 年 1 月第 1 版	
印　　次	2020 年 1 月第 1 次印刷	
开　　本	710 毫米 ×1000 毫米　　1/16	
印　　张	13	
字　　数	200 千字	
书　　号	ISBN 978-7-5139-2753-6	
定　　价	49.80 元	

注：如有印、装质量问题，请与出版社联系。

目 录

第四辑　走进一首古诗的意境

第一辑　别跟野鸭比清闲

晒自己的太阳

这是一个老掉牙的故事：一个路人问渔夫为何晒太阳而不去打鱼。渔夫说他打的鱼够吃了，还打那么多鱼干什么？那人说：打鱼卖钱，买大房子，娶漂亮媳妇，然后在海边晒太阳，享受人生。渔夫笑了：我现在不正在晒太阳吗！

人家本来好好地在晒太阳，你偏要叫人家去打鱼、买房子、娶女人后再来晒太阳。兜了一圈子，恐怕太阳早已等不及，自己下山睡觉去了。

都说知足常乐。所以我们应该活得简单一点，随意一点，洒脱一点。每个人都有自己的生活，都有自己独特的人生际遇与体验，忙碌着自己的忙碌，幸福着自己的幸福。一千个人有一千种幸福，一千个人有一千个太阳。只要你愿意，你随时可以泡一杯茶，抽一支烟，晒自己的太阳。

晒自己的太阳，打理自己的心情，品味自己的心事，享受自己的人生。此事不关清风明月，不关鱼与熊掌，也不关他人，他人自有他人的太阳。

晒自己的太阳，自己让自己阳光一点，灿烂一点，快活一点。

鱼儿正在路上

同事老亚是大家公认的"鱼鹰"，深谙垂钓之道，什么季节钓什么鱼，什么天气钓什么风，他都了如指掌。所以，闲暇时，我总喜欢随他一起去垂钓。每次来到池塘或河边后，他总是仔细地观察地形，选好钓位，打好窝子，然后再慢条斯理地整理钓具。一切准备妥当后，就点燃一根烟，开始专注地垂钓。有时，半天还没有鱼咬钩，我未免心急，就问他是不是换个地方；他总是摆摆手对我说：再等等，这会鱼儿正在路上，一会就到了。几乎每次都像他说的那样，过一会鱼就上钩了，我们都能满载而归。

鱼儿正在路上，在这个过程中，我们能做的就是多一丝耐心，多一些等待，多一点执着，多一份坚持。

做事亦如垂钓，都要经历一个过程。过程或长或短，或轻松或艰辛。过程是一块试金石，它就像一位严肃古怪的考官，总喜欢出一些难题，在我们前进的路上设置障碍，看你有没有勇气去解答，看你有没有毅力去坚持。胆怯了，放弃了，你品尝的就是失败的苦涩；坚持了，努力了，你收获的就是成功的喜悦。

《士兵突击》中许三多有句名言：不抛弃，不放弃。是啊，不抛弃，不放弃，坚持不懈，持之以恒，那么你的理想、抱负就会实现，因为那条叫"成功"的鱼正在路上向你游来。

绣出人生的精彩

每次到车站加油站加油，都能看到那位女工，她是加油站的工作人员。见到她时，她要么在忙着给顾客加油，要么就坐在加油机旁绣着她的花鞋垫。看得出她的手很巧，绣的东西栩栩如生。有一天，我就禁不住问她，绣那么多鞋垫干吗？她憨厚地笑笑说，反正闲着也是闲着，为家里人和亲朋绣点鞋垫，省得去买。真是一个会过日子的女人。

我们都知道加油站的工作枯燥无聊，可她却在枯燥的工作之余，利用工作的空闲自得其乐，绣着鞋垫，也绣着美好的生活。

平常有些人总说，日子很无聊，生活很无味。看来是我们不太会利用时间，不会在时间的间隙中做好我们的锦绣文章。

其实只要我们愿意，我们都可以是时间的主人。起码，我们可以在时间的脚印上留下我们的足迹。有时，哪怕是那么不起眼的一针一线，就可以把那些零星的时间连缀起来，把那些散碎的时光串联起来，把那些孤单的日子整合起来。让时间在那一针一线的穿梭中生动起来精彩起来。那么我们的人生也会在时间的鞋垫上绣出一份绝伦的精彩。

寿命最长的灯

世界上目前使用寿命最长的灯泡，是美国加州利弗莫尔消防局的一个五瓦特碳灯丝灯泡。它已经从 1901 年开始，日夜不停地照亮该消防局，如今已有 100 多年的历史了。

它长寿的秘诀是一直亮着。中间除了因为搬家停了 22 分钟外，它一直亮了 100 多年。它一直亮着，在每个白天黑夜，在每个春夏秋冬。它默默地亮着，用它那柔和的光芒把那些忙碌的消防员的内心照亮。

如果人生是一盏灯，我们也应该一直让自己亮着，默默地散发自己的光和热，默默地奉献自己的能与量，默默地挥洒自己的汗与泪。在人生的征途中，让我们都亮成一树美丽的风景，照亮自己，温暖他人。

让自己一直亮着，人生会因燃烧而绚烂，因付出而幸福，因给予而丰富。我们一直亮着，让自己开出一朵最绚丽的花，芬芳四溢，永不凋零。我们的生命会因亮着而拓展而延伸，一直亮着，我们都是一盏长寿的灯。

心宽了路也就畅了

今天早晨上班，走到县城中路的十字路口时，两位骑摩托车的年轻人由于速度过快，一下子撞到了一起。他们显然撞得不轻，都从摩托车上摔了下来，半天才从地上爬起。由于是上班高峰期，他们的相撞造成了交通阻塞，不一会那里就滞留了好多人，人们都在猜想他们下一步该怎么着。哪知，他们都很和善地问了对方一句"没事吧？"然后就扶起自己的摩托车，打响后就走了。人们也一哄而散，路又变得畅通了。

平常我们总说退一步海阔天空！原来这世界上的路装在人们的心里，心有多大，路就有多宽。如果你让我一尺，我让你一丈，那么这世界上，路将会更坦荡绵长，天地也会更辽阔宽敞。

在我们县有一个"和气巷"，关于这个"和气巷"，有着一个动人的故事。相传，在清朝乾隆年间，和气巷对门胡姓和王姓两户人家为建房，互相扩占，各不相让，以致关系紧张，剑拨弩张，大有一触即发之势。其中胡姓家族中的胡煦是朝中的国师兼国丈，权倾朝野。于是胡家就写信给胡煦想让他撑腰。哪知胡煦接到信后，只写了一首诗回来：千里捎书为一墙，让他一墙又何妨？万里长城今犹在，不见当年秦始皇。胡家接信后，感到很惭愧，就主动退让许多。王家得知事情的原委后很是感动，也退后了许多。这样相互一退让，巷子竟比从前宽阔了许多。两家从此世代交好，和和气气，平平安安。"和气巷"也从此把美名传扬……

路在我们的心中，把心放宽了，路自然就平坦了、畅通了、宽敞了、亮堂了。

不是每一网都有鱼

朋友是大学中文系毕业的，在文联工作。码文字、搞写作是他生平最大的爱好。可令他苦恼的是，尽管他努力地写，可是收效却甚微，投出去的稿件大都是泥牛入海。他一度放弃了写作，那段时间他很是萎靡不振。

一个周日，他回到老家，想放松放松。见他那副模样，他哥哥问他原因，他就向哥哥倾诉了自己的苦闷。听了他的话，哥哥笑了，说想放松就跟他一块去搭鱼。搭鱼？那可是他从小最爱干的事情了，他一下子就来了精神，背着鱼篓就跟着哥哥来到大堰。

哥哥熟练地把搭网两边的竹竿顶在胸前用麻袋自做的护腹上，很麻利地就把渔网撒到水中，再用竹竿在水里捣了捣，然后起网，居然搭起了三条小鱼！他很高兴地把鱼收在鱼篓中。第二网又搭起两条小鱼，他在想，以这样的速度，要不了一会就可以搭到半篓鱼了。可是接下来连搭几网，居然连一条小鱼也没有搭着，他不由有些泄气了。哥哥看了他一眼，笑了笑，又把网撒在水中，没想到那一网又搭起了两条不小的鱼。

哥哥像是自言自语地说：不是每一网都有鱼呀！然后把搭网递给他，让他也搭几网。那一刻他已经明白了哥哥的良苦用心。是的，不是每一网都有鱼，但是只要努力，总会搭到鱼的。

从老家回来后，朋友又重新拿起笔，继续他的文学梦。几年下来，在全国各地发表了大量的文学作品，成了当地一个小有名气的作家。

如果说鱼是收成，网是耕作。我想，只要努力了，我们的庄稼准会开花结果。

人生需要删除

因工作变动，换了一个岗位，我把电脑里的文档进行了整理。逐一地检查那些文件夹，我发现有不少材料都已过时或失效，没想它们仍然还在占着内存，对它们的处理，我犹豫了一下，还是按了删除键，把它们统统放到了回收站，并最终彻底清空。

对它们清空后，我突然有一种如释重负的感觉。这应该就是它们最好的归宿。删除它们，给电脑减负，给起草新的文件腾出了广阔的空间。

蓦然，我就想到了人生，人生漫漫，我们是不是也该适时删除，使自己的行囊不至于那么的沉重，好轻装前行呢？

人生就是一次远行，一路走来，我们的行囊中会不断地充塞着形形色色的东西，不可否认，那些东西在一定时期是我们人生的助推器，使我们的人生充满乐趣，富有意义。而时过境迁，那些东西有的就变得毫无价值，成了我们的绊脚石，我们只有将它们挪开，才能迈开步子。

在人生的旅程中，有花开花落，有云聚云散；有笑泪喜忧，有悲欢离合；有春夏秋冬，有风雨雪霜。经历这些就是完整的人生，该珍惜的我们努力珍惜，该舍去的坚决舍去。若无闲事挂心头，便是人生好时节！

逝水流年，在光阴的流转中，我们留恋但不流连，删除杂芜，风景就在前方。

跃下生命的河

看《动物世界》，总能带给人生命的感动和人生的启迪。

母鸭为了孵化的安全，把卵产在了河边五米高的树洞里，经过精心孵化，11 只幼鸭在同一天破壳而出。但是面对 11 只嗷嗷待哺的幼鸭，母鸭是不可能把食物一趟趟运到五米高的树洞。要想活命，幼鸭们能做的就是从五米高的树洞跳下来。

在幼鸭出生的第二天，母鸭就在树洞下的河里边轻轻地游弋边轻轻地叫着，那是她在呼唤幼鸭们。11 只幼鸭先后从树洞里探出脑袋，循着母鸭的声音，它们看到了下面细波荡漾的河，也可能注意到自己所处的位置，不由缩了缩身子。母鸭一声接一声地叫着，那是在鼓励幼鸭们跳下来。终于有一只幼鸭勇敢地跳了下来，接着两只、三只……11 只幼鸭全部跳落到河里。母鸭欢叫着带领它们去寻觅食物，开始了真正的生命之旅。

从五米高的树洞跃下，对于刚出生一天的幼鸭来说无疑是巨大的考验，但是它们都做到了。虽然它们的姿势不那么优美，落水动作略显有些笨拙，但是只有它们那轻轻一跃，它们的生命之门才算真正启开。五米之下，流淌着的是生命的河，它们注定要在那里完成生命的航程。

说实话，看着电视镜头中那一只只小不点义无反顾地纵身一跃，我的心中那一刻满是感动。为幼鸭，为它们谱写的那一曲生命的赞歌。幼鸭轻轻一跃，划出的那道弧线，连接的就是生命的长度。

如果说生命就是一条河，我们只有像幼鸭那样纵身一跃，倾情投入，才能在河水中激起浪花，才能在河流中勇立潮头。

海獭的石头

美国加利福利亚海域生活着一种可爱的动物——海獭。海獭是世界上最小的海洋哺乳动物，它们常年生活在海洋里，大部分时间是潜入海底觅食。

海獭喜欢吃海底生长的贝类、海胆以及螃蟹等，海獭的食量很大，每天要消耗自身体重三分之一重量的食物才能保持热量需求，所以海獭总是忙忙碌碌地潜到海底去寻找食物。

海獭潜入海底捕获贻贝、海胆等，但同时它们会从海底顺便捞上一块拳头大小的石头。开始时，我有些不解，在海底觅食已经够辛苦了，为什么还要弄一块石头上来呢？

等海獭从海底浮上来后，我才明白了石头的妙用，也不由不佩服海獭的聪明了。原来，海胆、贻贝等都有着坚硬的壳，海獭靠牙齿是无法咬开它们的。于是海獭想到了一个绝妙的办法，就是它们把从海底捞上来的石头当砧板，把海胆、贻贝等往石头上砸，直至砸破为止，然后就可以尽情地享受里面的肉了。

看着海獭笨拙的身体仰躺在海水里，把石头放在腹部，然后用前肢拿着海胆，使劲地往石头上砸去，一下，一下，它的身子在海水里也随之一起一伏，海水一圈一圈地荡漾开来……那个情景真的能震撼人心！

　　海獭之所以能够享受美食，是因为它们在捕获食物的同时就想到了该怎样去享用那些食物，它们把一切事情想到了前头，不打无准备之仗。

　　反观我们在生活中，总有人说他努力过、奋斗过、拼搏过，可是有时离成功总是还差那么一点点。我想，我们得好好向海獭学习，也许我们差的就是海獭的那块石头。

我们都是总统

前天陪单位几个老干部吃饭，不知是谁先开的头，老干部们聊起了退休或退职的待遇问题。他们觉得本系统的待遇好像没有其他系统的优越，工资福利都偏低。他们显得有些激动，气氛一时有点压抑、沉闷。

过了一会，还是一向豪爽快言快语的老书记打破了沉寂，他笑着说："大家都知足吧，我在网上看到，阿富汗总统卡尔扎伊的年薪还不到500美元，在座的每一位都比他高，如此看来，我们都是总统！"一句话令大家都笑了起来，气氛也一下子就缓和了。

生活中，大家都吃五谷杂粮，都有自己的爱恨喜忧。因此，大家就会很在意自己的一切。有时就不免拿自己同别人相比，一比较就会发现差别。其实，这很正常，因为人与人的经历、际遇、所处环境、自身条件等都是不同的，不同的人生活和人生也就不可能千篇一律，肯定存在着一定的区别。这就要看我们是否能保持一颗平常的心态来看待这个问题了。

据网上的资料，美国前总统奥巴马的年薪是29.2万欧元，而同是总统，阿富汗前总统卡尔扎伊的年薪还不到 500 美元，而美元还没有欧元值钱。但是卡尔扎伊照样当他的总统，照样为阿富汗的利益而奔走操劳。我想总统之所以为总统，并不体现在他能够领取多少薪水上。

同样，我们不论做何种职业，不论薪水是高是低，不论有没有薪水，但我们都是在过自己真实的生活，我想拥有一份真实就够了。我们不需要同别人相比，因为我们都是总统。

俭朴者最富有

在想象中，作为一国之总统，那该是何等显赫气派，富贵荣华，风光无限。但是，乌拉圭总统何塞·穆希尔却显然是总统中的另类。这位被称为"世界上最穷总统"，生活在首都蒙得维的亚郊外的一幢不起眼的农场里。一间摇摇欲坠的板房、一个简陋的洗衣间、一口清澈的水井，院子里站着一只断了一条腿的狗。唯一与当地普通农户不同的是，门外有两个警察看守。进出农场的是一条只能够通一辆汽车的土路。何塞·穆希尔当上总统后仍然像以前一样过着俭朴的生活，不愿意住在总统官邸，而住在首都郊区的农场，这个农场也不是他的，而是归于他妻子的名下。他最值钱的财产是一辆甲壳虫轿车，是他当总统时，亲朋好友帮他购买的，现在价值也就千余美元。

但是何塞·穆希尔显然很是满足于自己的生活，工作之余，亲自开着拖拉机在农场里耕种，每天乐呵呵的。对于"世界最穷总统"的头衔，他也只是一笑了之。其实他也不是没钱，他把工资的90%都捐给了慈善机构，仅仅留下10%作为日常生活开支。他说："拥我所有，我活得很好。"他还说："我并不觉得自己穷，穷人只是那些想过奢华生活，永不知足的人。说我没几样东西也没错，但是俭朴让我觉得非常富足。"

"俭朴让我觉得非常富足。"何塞·穆希尔总统说得多好。身为掌管整个国家可以一言九鼎呼风唤雨的总统，能够俭朴如斯并以俭朴为荣感到富足，实属难能可贵。

如今的世界是个繁华灿烂的世界，人们的物质文化生活日益丰富多彩，人们崇尚享乐主义，奢靡之风盛行，有好事者还以炫富为乐为荣，觉得那才是一种富有的生活方式和状态。有些人就慢慢地在灯红酒绿中迷失了方向，"乱花渐欲迷人眼"，忘记了本性，忘记了"成由勤俭败由奢"的古训。其实幸福有时并不是锦衣玉食的生活，而是一种健康快乐的生活方式。何塞·穆希尔总统堪称哲人，他的所作所为当为楷模，他的话也如当头棒喝，给人警醒。因为他告诉人们一个朴素的真理：俭朴的人才是最富有的人。

我觉得何塞·穆希尔不应该是"世界上最穷总统"，他应该是"世界上最富有的总统"。因为他拥有自由的空间，悠闲的生活，坦然的心态，平静的日子，简单的幸福，真实的快乐，更为重要的是他赢得了全世界的尊重。

一念善心即为佛

　　奶奶虔诚佛教，每日吃斋念佛，特别信奉观音。信奉观音的奶奶有着一颗菩萨心肠，小时候虽然家里并不富裕，但是奶奶仍然周济比我家更穷的乡邻，总是惦念他们的冷暖温饱。在我很小的时候，我记得有一年冬天，我和奶奶在走亲戚回家的路上，碰到一个衣衫褴褛、老态龙钟的乞丐。奶奶很是同情他，就把老乞丐喊着跟我们一起回到家中，给了他一些吃的和一碗米，还找来一套旧衣服给他。老乞丐老泪纵横，千恩万谢地走了。那时，我虽是懵懵懂懂的少年，但是，幼小的我心里很是明白，奶奶那小小的善举，一定能温暖老乞丐那颗饱经沧桑的心。奶奶从小就教育我要心存善心，多积善德，人在做，天在看。

　　长大了，知道佛普渡众生，就不由对佛心生景仰。我也先后到过不少寺院——鸡公山活佛寺、桐柏山云台禅寺、福建莆田广化寺、嵩山少林寺，甚至日喀则扎寺伦布寺。这些寺院都无一例外地藏在深山之中，让我们觉得多么遥远而神秘。我们对那些庄重的佛像顶礼膜拜，满心敬畏，感受着佛的威严神圣，沐浴着佛法的奥妙无边。

那一日，我们几个文友到县城郊区的一个小小的寺院采风。寺院曾经很是辉煌，现在却显得有些败落而孤寂，已经不是真正意义上的寺院，只是因为循着从前的寺院名号而存在。但是，寺庙所在的那座山的主人却是一个真正皈依佛门的弟子。我们到时，他在门前迎接我们，一面指挥我们倒车，一面提醒我们，小心车子撞着了门前躺着的小狗。他的细心让我们每个人都心存感动。他曾经是一个响当当的企业家，如今照样经营着一家规模很大的茶厂，但是他现在还有一个名号——佛家弟子。交谈中，有文友就问他：既然你皈依了，那么你理解什么是佛？他淡淡地笑着说：一念善心即为佛。联想到刚刚他说让我们注意不要撞着小狗以及我们知道的他平时的善举。那一刻，我们感到醍醐灌顶，仿佛就一下子明白了佛的真意。

一念善心即为佛，说得多好。蓦然想起《杂宝藏经》中记载的一个佛经故事。说的是从前有一位精通相术的婆罗门，有一天他经过一个简陋的精舍，看到一个年轻的比丘，在看到年轻比丘的那一刻，他感到异常惋惜，因为根据他的相面，他知道这位比丘只有七天的寿命了。他没有言语，匆匆离去。七天之后，他又经过那所精舍，可是令他没有想到的是，他又碰到那位比丘，并正朝着他微笑。阅人无数且卜术精准的婆罗门一时感到难以置信。他问比丘，这几天是否修过什么大的福报。比丘说跟往常一样。婆罗门仍追问比丘是否做过别的什么事。比丘想了想说，前几天到一个僧众聚集的寺院参访，看到墙壁上有一个小孔，为了防止风雨透过小孔侵袭僧众，他就找一个泥团把小孔塞上了。婆罗门惊叹道：佛门中的福田，真是不可思议。

一念善心即为佛，善种福田必有善果。是的，我们心中那一份善心，所做的那一点善行，也许显得是那么的微不足道，但是可能那就是我们长夜的明灯，是我们危难的救护，那一点点的善根福德就是我们的佛。所以，我们一定要保住自己的一念善心，要保护自己的一念善行，勿以善小而不为。

世人都晓神仙好

　　平时很少看电视剧，但近日却一口气看完了央视八套长达36集的电视连续剧《天仙配》，也许是为了那个美丽动人的传说，也许是为了董永和七仙女那坚贞不渝的爱情，也许是为了那脍炙人口的歌曲《树上的鸟儿成双对》。看完了，觉得传说还是那个传说，爱情还是那段爱情。倒是剧中天庭中的那些神仙们给我留下了很深的印象。世人都晓神仙好，可纵观一部《天仙配》，突然就感到，当个神仙也不是很容易的事。

　　玉皇大帝可谓是最大的神了，作为三界的主宰，他拥有至高无上的权力。但在七仙女下凡，私配凡人，违反天条这件事上，他却一筹莫展，左右为难。一方面他要维护天庭的尊严天条的权威，另一方面七仙女又是他最宠爱的亲生骨肉。所以当七仙女被抓回天庭后，在天庭众神的"苦苦哀求"下，他才没判七仙女死刑，而是罚200神鞭的鞭笞。但他却私下要求护法神在行刑时运用法力，既不可伤及七仙女的性命，又务必将七仙女肚子里的孩子打掉。因为他决不允许所谓皇家高贵的血脉流落到人间。多亏刘大侠及时赶到，才救下了那无辜的孩子。事情败露后，在王母娘娘及众神面前，玉皇大帝却佯装毫不知情，他大发雷霆，责怪护法神自作主张,胆大妄为,令护法神百口莫辩,乖乖地接受被贬为天牢牢头。玉皇大帝又偷偷地安慰护法神说:先委屈一阵子,等候时机再将你官复原职。在这里,一个伪善、自私、狭隘的神仙头头活脱脱地出现在我们面前。上梁不正下梁歪,可想他的那帮神仙大臣们了。

再说护法神,在七仙女下凡这件事上,他力举严惩不贷,表面上他是铁面无私,公正执法的护法大将军,而实际上他暗恋七仙女不成,而伺机公报私仇。所以他才显得那么心狠手辣,冷漠无情,居然狠心地对一个未出世的孩子下手。试问这样的神仙有谁喜欢呢?所以当雷公、电母在众神面前说他被人间的刘大侠用霹雳神掌一掌打到南天门时,众神都哈哈大笑。

天庭深深深几许,天条森森,天宫冷冷,高处不胜寒呀!所以那些神仙也并非自在逍遥,而是深感空虚、寂寞。所以不觉中就起了思凡之心。于是,就有了牛郎织女和天仙配的故事发生。剧中的雷公、电母奉玉帝之命被派往人间捉拿七仙女,被刘大侠打伤。在人间安心养伤的日子里,他们感到是多么的幸福和温馨。雷公像一个老顽童,见到人间好的东西都想买。在他们不得不离开时,他们在居住的小屋前,踟蹰流连,依依不舍,无限眷恋。世人都晓神仙好,可神仙却认为人间好啊。

天庭又有什么好,连猪肉都没得吃。据说当年张百忍拔院升天当玉皇大帝时,唯独他家的猪跑到邻居家的猪槽偷食吃而错过了升天的机会,也因此让天庭少了一道美味。所以当托塔天王李靖和那十几个天兵天将得到槐树精送来的猪头肉时,那个狼吞虎咽的样子,真是有损天威啊。嘿,还是人间好啊,虽然现在猪肉涨价,但是只要愿意,我们还可以隔三岔五地买它三二斤,解解馋的。

当大仙女找到了她流落在人间 16 年的儿子小石头时,说要带他升天,忝列仙班。可小石头却不肯去,而宁愿留在人间。并说,当神仙如果真有那么好,那为什么七仙女却放下好好的神仙不做,而甘愿被剔除仙骨永留人间呢?呵呵,小孩子说得有道理啊。

做好自己的事

于禁是三国时期曹魏的五子良将之一，深得曹操喜爱。公元 197 年，于禁随曹操到宛城，攻打张绣。张绣采纳贾诩的计谋诈降，大败曹操。曹操的儿子曹昂以及大将典韦、曹安民战死。曹军溃败，各自退兵，非常混乱。而于禁约束部下，且战且退。在撤退的途中，于禁发现有原投诚过来的黄巾青州兵在趁乱打劫，就严加斥责，军法从事。有青州兵不服，说他们不是于禁的部下，于禁没有权力杀他们。于禁义正词严地说："虽然你们不是我的部下，但是法律却是一样的，曹丞相误踏麦苗尚且割发代首，你们岂能逃责。"遂杀了违纪的兵士。

没想到，一些跑掉的青州兵恶人先告状，诬告于禁反叛，大肆屠杀青州兵。当时就有部下劝于禁赶紧先去向曹操解释清楚，说那些青州兵是由曹操的族弟夏侯惇统领，如果曹操听了夏侯惇的话，会杀了他的。可于禁一边指挥士兵修筑防御工事，一边说："杀我不杀我那是曹操的事，我现在要做好自己的事，修好工事，以防敌军来袭。"

曹操是明智的，不仅没有怪罪于禁，反而对他的行为大加赞赏，把于禁比作古之良将："淯水之难，吾其急也，将军在乱能整，讨暴坚垒，有不可动之节，虽古名将，何以加之！"进而封于禁为益寿亭侯。

于禁在那混乱的当口，甚或性命攸关的时刻，却能心怀坦荡，不计个人得失，置生死于度外，淡定从容，指挥若定，想的却是如何做好自己的分内之事，尽了一个将军应尽的职责，着实令人钦佩。

我们常说要做好自己的事。做好自己的事也许是平凡岗位的坚守，是日复一日默默的奉献，是"在其位谋其政"的责任，是"为官一任造福一方"的担当。汉朝的颜驷历经文帝、景帝、武帝三朝，从青丝到皓首，一直待在郎官的位置上，却淡泊坦然做好自己的工作。有一次，汉武帝偶遇穿着不整的颜驷，问他为何历三代却依然是个郎官。颜驷笑了笑说："文帝喜文，而臣尚武；景帝重老，而臣还幼；陛下重幼，而臣已老。"武帝感其言，而擢升其为会籍都尉。

我想，不论你所做的事是大是小，不论处于什么样的环境，做好自己的事就必须要有一种敬畏之感，一种敬业之心，像于禁那样"泰山崩于前而不改其志"，像颜驷那样虽穷困潦倒而无怨无悔。

做好自己的事，要有一种执着的态度，一份倾心的热爱，一种不屈不挠的勇气，一份坦荡无私的情操，一份持之以恒的信念，更要有一种不怕牺牲的精神。

"知我者谓我心忧，不知我者谓我何求。"精神不朽，才能支撑你阔步前行，做好自己的事。

给贪念筑一道防火墙

现在是互联网时代，互联网带给人丰富、多彩、快捷、便利的生活，深受人们喜爱，可以说，电脑那个小小的窗口却带给人们一个全新的世界。但是随着互联网的发展，网络安全也成了一个摆在人们面前的突出问题，总有一些利欲熏心的不法分子，扮演黑客的角色，为达到一些不可告人的目的，入侵网络、扰乱网络秩序、窃取相关信息、危害网络安全。但是魔高一尺，道高一丈。为了保护网络的安全与纯净，防火墙技术就应运而生。防火墙是一种信息安全的防护系统，它会依照特定的规则，允许或者限制传输数据的通过。

可是防火墙防止的只是计算机的安全，却无法防止人心。最好的防火墙也无法防止人心的贪欲。美国和澳大利亚联合摄制的电影《防火墙》讲述的就是一个与贪欲有关的故事。杰克是美国西部西雅图市一家银行的计算机专家，是一名高级网络安全主管，多年来他一直负责最有效的防盗计算机系统和各种"防火墙"软件，并且，只有他才掌握着银行防火墙的密码，这也是他最致命的弱点，这一点是公开的秘密，连犯罪分子也心知肚明。杰克的妻子是一名建筑师，他们有一双儿女，并拥有一套豪宅，一家人过着优越而幸福的生活。可是他们平静的生活很快被打破。贪心贼考克斯因为觊觎银行的财富，早就盯上了杰克，并通过卑劣的手段控制了杰克一家人，要挟杰克帮助他们在网上安全地通过太平洋银行的防火墙而窃取一亿美元的巨款。杰克通过与犯罪分子的斗智斗勇，几番较量，最终正义战胜邪恶，使考克斯的贪欲落空，并命丧黄泉。

贪欲正是万恶之源，如有可能，真应该也给贪念筑一道防火墙，保持心田的平静，信念的纯洁，人性的高贵。

电视剧《天龙八部》中，鸠摩智是吐蕃的"大轮明王"，因太过贪婪，强行练习少林寺"七十二绝技"，导致走火入魔。待他在西夏的枯井中被段誉吸走全部功力后，方才大彻大悟。他对段誉和王语嫣说：如来教导弟子，要去贪、去爱、去取、去缠，方有解脱之望；可是他无一能去，故此名缰利锁，将他紧紧吸住。幸好，他被段誉吸走一切，四大皆空，从此参透禅机，终成一代明僧。

除去一切杂念和贪欲，也许就是最好的防火墙。

低头的是稻谷，昂头的是稗子

在农人眼里，稗子是一种地地道道的害草，因为它们同稻谷争养分，自然会妨碍稻谷的生长，所以农人对稗子总是如临大敌，常欲除之而后快。

每年春季，稗子总能混着稻种被人们撒到田里，然后和稻谷一起享受阳光雨露，一起生长发育。稗子堪称伪装高手，稗苗和秧苗的模样相差无几，只是稗子颜色稍淡、枝茎较细，并且稗子总是和秧苗紧紧相挨，杂陈生长，如不仔细观察，是很难发现它们的。

小时候种田，秧苗被插到田里不久，就得薅秧，就是把稻田里的杂草和稗子除掉。其他的杂草很容易被秧耙薅去，而稗子只有仔细分辨，然后才能一点点拔掉。稗子和稻谷的生长期几乎相同，一起扬花、分蘖、打苞，这是稗子的聪明之处，所以不管大家怎么努力，在薅秧的季节，稗子总是拔不完。那些稗子蛰伏着、隐忍着，在秧苗中间悄悄生长。

可是等到六月份，等稻谷和稗子都抽穗之际，稗子很容易就被人认出来。因为大家一眼就能看出：低头的是稻谷，昂头的是稗子。那个时候，可能是经过长时间的压抑、憋屈，稗子觉得终于熬出了头，可以长长地松一口气，于是稗子就尽情地伸展自己的身躯，高高地昂起自己的头颅。可是它们忘了，稗子就是稗子，稗子永远也成不了谷子，它们始终是农人的心腹大患，它们的出头之日，也就是它们的灭亡之时。农人们走进稻田，将那些出头的稗子毫不留情地拔掉，扎成束，拿回家，随意地丢在地上，成了鸡们的美餐。

其实，稗子是被自己打败的。那份张扬招风、骄傲自满、忘乎所以的姿态让它们自取其祸。

葫芦娃的春天

作家詹丽老师是一个懂得生活情趣的人，她在美丽的信阳郝堂图书馆工作之余，从外面捡拾回一些在别人眼里是"破烂"的东西，破罐子、破篮子、竹筒、树根、废弃的煤炉等，然后经过她的巧手种上花，或做成盆景，使那些东西就有了生命，重新有了属于自己的美丽。每每看到詹老师发的那些图片，总是会莫名的惊诧、欣喜和感动。

我也是一个喜欢"拾破烂"的人，我家的砚台就是我捡来的。那年带女儿到官渡河河滩上玩耍，女儿喜欢小贝壳，我就帮她拾了好多小贝壳。在找寻贝壳的过程中，我无意中发现了一个体型很大的蚌壳，在那些小贝壳中，它绝对是庞然大物，鹤立鸡群。蚌壳色泽很好，花纹绚丽，顿生欢喜，就将它请回，做了我写字的砚台。经过几年的墨香浸润，蚌壳竟焕发出迷人的芬芳，满是生机，好似又得到了第二次生命。

前年秋天，有一次随文友出去采风，在路边的菜地里发现了一个小葫芦，当时它正孤零零地偎在那些枯萎的葫芦藤上，显然它是被遗弃的。葫芦虽小，却已成熟，厚实坚硬，小巧灵气。我就将它摘下拿回，处理了一番后，女儿在葫芦上画上一个憨态可掬的脸谱，放在家里的博古架上，竟然成了一个品味不错的工艺品，很受大家称赞。我庆幸当时将它带回，否则的话，它遭受风吹雨淋，肯定早就零落成泥了。现在葫芦静静地放置在那里，我的眼前总能葳蕤出一派生机盎然的春天景象。我分明看到了那小小的葫芦娃正沐浴着春风，摇曳出无限风情来。

有人说，所谓垃圾只是放错了位置的珠宝。我很赞同这个观点，所有事物其实都有自己的价值，也许换一个地方，换一个角度，它们就能够实现自己价值的最大化。

所以不要轻视那些看似不起眼的东西，没准它们却是人间的至宝。

为生命绕道

这是一个小站，只有慢车才会停靠的小站。

因为一次远行，时间又比较充裕，就第一次来到小站乘车。

我们到时已近凌晨，远远地就望见车站前高高的塔灯把小站映照得金碧辉煌。虽是小站，又至深夜，但是车站前倒也不是很冷清，也有人影晃动。

我们拎着大包小包来到车站广场，因为已提前购票，上了台阶，就准备直接进站。没想到一上台阶，我们却被一位工作人员拦住了，是一位五十岁左右的女同志。她不让我们直接从广场进站，而是绕到旁边的侧道。

我就有些不解，问她为什么让我们舍近求远？

她没有说话，笑了笑，用手指了指广场的地面。

我低下头，朝地面看了看，一时也没感觉到有什么。

她又用手朝稍远的地方指了指。这时，我发现了地面上有不少昆虫，有螳螂、蛐蛐、蚂蚱，还有花大姐。可是这又怎么啦？

看着我仍有疑问，她又笑了笑说："好多昆虫都无辜地被踩死了，为它们绕道而行吧，我们都有好生之德，好歹它们也是一条生命！"

　　我突然就明白了，广场前灯火辉煌的塔灯，吸引着无数的昆虫前来，而飞着飞着它们就迷失了方向，精疲力尽后统统落到地面，造成了"灯下黑"。而匆匆赶路的旅客，根本无暇顾及路上有些什么，所以那些义无反顾扑火的昆虫，就在稀里糊涂中丧失了生命。

　　带着满满的感动，我们为那满地的昆虫绕道而行。走前，我轻轻地对她说了声："谢谢！"

　　她竟然有些不好意思，摆了摆手。

　　她说我们都有好生之德，我相信，她的一念善心，对生命来说，就是最大的尊重与恩德。

柿子掉到地上还是柿子

到美丽乡村进行采访，老支书一直陪着我。老支书对美丽乡村建设有独到的见解，让我颇有感触。

采访回来的路上，经过一片山林，松杉交错，树影婆娑。在不经意间，我突然发现山林中有一棵柿子树。柿子树的枝头挂满了业已成熟的红柿子，像一盏盏小灯笼，是那么的夺目绚烂，顿时让黯淡的山林鲜亮起来。

我一阵惊呼，忙不迭地进行拍照；并拨开松杉的树枝，来到柿子树跟前，想近距离地观赏那些可爱的柿子。

我一进去，便感到有些痛惜，原来，一些熟透的柿子竟然落了一地。我不由为这棵柿子树抱不平，要是它们生长在农家院落，那些柿子该是人们多好的美味啊！可如今它们却零落成泥无人知。我摇了摇头，看了一眼老支书，指着地上的柿子对他说："可惜了这么好的柿子。"

老支书却淡淡地说道："有什么可惜的，掉在地上它们还是柿子！"

他的话竟然让我有些费解。我一时愣在那里，不知道说些什么。

老支书问我："你认为果实就该被享用吗？"

我点了点头。

他又问我："美丽的花朵是不是都是为了人类所开放？"

"这倒未必吧。"我小声地说。

老支书笑了："你难道是为了别人才活着的吗？"

我突然明白他的意思，也笑了："当然不是！"

"所有的生命并不是为了赢得关注才生长的哟！"老支书爽朗地说道。

生命只是一个花开花谢瓜熟蒂落的过程，生长着自己的生长、美丽着自己的美丽，幸福着自己的幸福。

回头的风景

正是人间四月天，我们相约到黄毛尖森林公园看杜鹃花。黄毛尖是大别山第二高峰，海拔 1011 米，这里山峦叠嶂，气候宜人，生长着漫山遍野的杜鹃花。每到四、五月份，杜鹃花竞相开放，层林尽染，美不胜收，让人流连忘返，陶醉其间。

我们沿着陡峭的盘山公路，蜿蜒来到黄毛尖林场，把车停在那里，然后徒步朝黄毛尖顶峰进发。林场处在黄毛尖的半山腰，仰望黄毛尖之巅，虽然看着不太遥远，但是我知道，山路曲里拐弯，峰回路转，总显悠长。

向上才走了一小段路，很快，我们就看到了那开得烂漫的杜鹃花。它们就在山坡的边上，就在我们触手可及的地方。它们开得那么热烈、奔放、肆意，好像热辣风情的山里妹子，站在那里，欢迎我们的到来。大家欢呼着、雀跃着，纷纷举起相机和手机，进行拍照，都想把那份美丽带回家。

再向上前进，那一棵棵、一蓬蓬、一簇簇、一片片的杜鹃花正以它们鲜艳灿烂的姿态笑对春风。那些杜鹃花有的一花独艳，有的云霞一片，有的斜枝旁逸，有的交相辉映，让我们感到欣喜和激动。看上去，路边上的那些杜鹃花，有的已然成树，高大繁茂，肯定有上百年的历史。经历了无数的自然风雨雪霜的浸润，所以它们才开得那么美艳迷人、惊世骇俗。

那些路边上的杜鹃花，以它们傲人的花姿，引领我们步步前行，空气中有淡淡的花香氤氲着，让人感觉到清爽、舒畅。

渐渐地，我们的脚步慢了下来，那些杜鹃花虽然每一朵都那么娇艳，但是它们一样的颜色、一样的花容、一样的风情，慢慢地让我们感到有些视觉疲劳，再难以撩起心中的激情。

很快我们到达山顶，小憩一会，然后折返下山。

就在蓦然回首的刹那，我们都被眼前的景象惊呆了。朝下望去，那些杜鹃花竟然又是另一种美丽。上山时，我们只能看到山边附近的那些杜鹃花。而下山，我们却看到了那整个山中的杜鹃花，它们或隐于松树和灌木间，露出那万绿丛中的点点红，或干脆就是逶迤蜿蜒好大一片，开得那么率真、无邪、狂野。它们那靓丽的姿态，很快又把我们的激情点燃。

往下，每转过一道山梁，就发现那些杜鹃花正在演绎着不同寻常的美丽。它们或与远山相映，或与草木同辉，或者就忘我地开着，一任群芳妒。

平时也喜爱旅游，可每到一个地方，总听人说，不走回头路。可是在黄毛尖森林公园下山的路上，那些怒放着的杜鹃花，以它们变幻着的美丽，让我感觉到上山与下山迥然不同的风景。

看来，回头也有回头的风景。"横看成岭侧成峰，远近高低各不同。"你看风景的角度不同，风景自然也就不同。因为这个世界上的美是异彩纷呈、千变万化的。

别跟野鸭比清闲

一直跟友人相约，得闲一起到龙山湖去游玩，因为我们知道那里的湿地公园建设得很不错，风景很美，"龙堤春晓"更是令人神往。可是，相约美丽，成行却难，一句"得闲"，仿佛是一座难以逾越的高山，好像春去了冬来了，花开了花谢了，永远都没有"得闲"过。"偷得浮生半日闲"，竟然是那么遥不可及。

不曾想，龙山湖，我们终究还是去了，不过不是"得闲"，而是因为一个会议。和友人在那里不期而遇，年初的相约，竟然在年尾以这样的方式兑现。我们相视一笑，不由感慨万千。会议间隙，我们才得以"得闲"去领略一下龙山湖美丽的自然风光。

漫步在风景如画的龙山湖大堤，我们一时感到有些恍若隔世，三生三世十里桃花早已谢了春红，仿佛芳华已远，我们无问西东！不知不觉又是一年，时间永远像龙山湖的水，在闸门前奔涌而下，再不回头。

时间的脚步总是太急，生活的节奏总是太快，尘世的琐事总是太多。我们只是漫漫人生匆匆赶路的旅人，只是岁月长河滚滚流下的泥沙。来不及等待，来不及沉醉，人生就像一个陀螺，一刻也不得停息。

　　人到中年，牵绊我们的事情太多太多，整天忙忙碌碌，却又好像是碌碌无为。我不知道为何孔老师会说"四十而不惑"，总觉得在"不惑之年"实在有太多的迷茫和困惑，面对事业、面对家庭、面对社会、面对生活，和别人相比，心中总会滋生出说不出的况味来，有时便会在岁月的洪荒中迷失自我。

　　我抬头远眺，龙山湖浩渺一片。

　　这时，美丽的龙山湖中，突然冒出了一只野鸭，扑棱棱地飞起，又一个猛子钻进水里，再钻出水面，轻快地抖落身上的水珠，自得其乐，悠闲自在。我不由有些羡慕，对友人说："我们还没有野鸭清闲自在。"

　　友人也在看野鸭的嬉戏，良久，他拍了拍我的肩膀说："不要和一只野鸭比清闲，它有它的生存，你有你的使命。"

　　听了友人的话，我会心一笑，顿感释然。

　　是呀，一花一世界，一叶一菩提。花有花的芬芳，鸟有鸟的喧闹，你有你的生活，我有我的方向。别跟野鸭比清闲，也别跟蜜蜂比辛劳。自己就是自己。

　　我们永远在路上。路无尽头，我们便只有风雨兼程。也许，我们会错过季节、错过风景。但是，我们必须一路前行，走好自己的路，过好自己的日子。

去掉凡心

位于河南省光山县西南 20 千米的千年古刹净居寺（又名梵天寺），因为是佛教天台宗的发祥地而享誉世界。公元 1022 年，净居寺因为战火被焚后敕赐重建，宋真宗赵恒御笔赐额 "敕赐梵天寺"。但是宋真宗的字虽圆润饱满，却因为 "梵" 字下面少写了一点，千百年来，让人颇为玩味。有人说那是皇帝失误，是天下第一错字；也有人说那是宋真宗别有寓意，有意为之。众说纷纭，猜测无限，竟成了千古之谜。

但是我很是赞同高僧居仁的解释。公元 1080 年，在宋真宗题字 58 年后，苏轼因为 "乌台诗案" 被贬为黄州团练副史，途中慕名来到净居寺。净居寺住持居仁亲自接见了苏轼。在寺门前，作为书法家的苏轼一眼就看出先帝宋真宗题字的错误。于是他就问居仁住持，难道就没人发现那是个错字吗？

居仁乃有道高僧，他只是淡淡地笑了笑然后对苏轼说：真宗皇帝亲赐怎会有错呢？他只是告诫我们，既入佛门就应去掉凡心，这样才能修成正果。

居仁的解释首先否定了"梵"字的错字之嫌，从而维护了宋真宗的颜面。再者，他借宋真宗题字，表达了自己对学佛的见解，只有去掉凡心，才能修道成佛。去掉凡心，一心向佛，无关清风，无关明月。这看似简单，却意义深远。

但是，苏轼是真懂了。历经劫难，差点丢命的苏轼，被居仁轻易地就点化了。净居寺的晨钟暮鼓，让苏轼平静彻悟，枕着梵音入眠，苏轼就真地淡忘了过去，拥有了涅槃的未来。他在诗中写道"原从二圣往，一洗前劫非；回首吾家山，岁晚将归焉"。他愿意追随二圣，把净居寺当成了"吾家山"，从此以积极的人生态度面对生活。"回首向来萧瑟处，归去，也无风雨也无晴。"这是他在黄州写的词《定风波》中的句子，这是何等的洒脱飘逸，这说明他已经超凡脱俗、去掉凡心了！

去掉凡心，慧思才能"遇三苏而住"，结庵苏山，传灯佛法；智顗才能潜心学教义，大苏开悟，开宗天台！

去掉凡心是一种执着的精神，是毕生不懈的追求。

人生其实也是一场修行。红尘万丈，前路漫漫，唯有去掉凡心，删除羁绊，方能物我两忘，达到至极。

鸟窝外的那枚蛋

在夏威夷莱桑岛，生活着一种十分美丽的黑背信天翁，它们在那里繁衍生息、惬意生活。黑背信天翁体型很大，身长达80多厘米，翼展更是达到200多厘米，它们在太平洋上自由翱翔，姿势优雅，仪态万方，尽显华美与尊贵。但是在莱桑岛，黑背信天翁的雌雄比例却严重失调，典型的阴盛阳衰。可尽管如此，黑背信天翁的种群却日益壮大。而黑背信天翁却又是出了名的对爱情忠贞的动物，坚守"一夫一妻制"，对伴侣从一而终。那么，莱桑岛那么多雌性信天翁是如何繁衍的呢？这得益于黑背信天翁的选择。

为了能够顺利繁衍，而又不做破坏别人家庭的"小三"，那些黑背信天翁"剩女"们，选择了自由结合，组成一个个同性家庭。它们一旦确定伴侣关系，也会将"爱情"进行到底，它们也像其他异性恋人一样相互追逐、求欢、共同孵化并抚养雏鸟（当然，这得有雄性志愿者帮忙）。

黑背信天翁有一个特点，那就是每年只下一枚蛋，只能孵化一只幼鸟。而两只雌性黑背信天翁每年却产有两枚鸟蛋，这样它们势必得舍弃其中的一枚。这是一个艰难的抉择，不知道它们是通过什么样的方式来决定的。不论抉择多么艰难，可它们却做到了。于是，黑背信天翁在孵化的时候就有一个奇特的现象，那就是，一枚蛋在窝内被两只黑背信天翁轮流孵化，而另一枚被舍弃的蛋则安静地躺在窝外，就在离鸟窝近在咫尺的地方，任凭日晒雨淋、直至变坏……相信看到那个画面，每个人的内心总会激起莫名的感动与敬意，为黑背信天翁那种无私选择和奉献精神。

舍弃了一枚蛋，黑背信天翁的种群照样生生不息，它们翩飞的舞姿，在尽情地述说着生命的不朽传奇。

生命中重要的不是拥有，而是舍弃。舍弃掉多余的那枚蛋，生命将会变得更加精彩、美丽。

大象的眼泪

　　这是东非大草原最严重的一次干旱，持久的旱情，令昔日郁郁葱葱的草原树木凋敝、土地皲裂、食物断绝，使众多的动物生存面临绝境，草原上随处可见动物遗留的骨骸。为了能够活下去，动物们不得不进行迁徙。最大规模的迁徙当属角马了，成千上万的角马争先恐后地涉水而过，往往沦为鳄鱼与狮子的美餐，那场面壮烈而震撼。

　　一群大象也被迫迁徙，象群共有十头象，其中有两头小象。它们迈着沉重的脚步，缓慢地行进着。

　　烈日当空，饥渴难耐，大象尚可刨出枯萎的植物的根茎以解燃眉，而小象只能依靠母象的奶水充饥，可是在那样艰苦的条件下，母象的奶水肯定难以为继。

　　走着走着，一头小象明显体力不支，慢慢地掉队了，最后半跪在地上。母象明白，小象不行了。她抬头望了望其他依旧迈着沉重步伐的象群，知道如果她停下来，有可能永远也赶不上队伍了。她看了看小象，然后凭着母爱的本能丝毫没有犹豫地来到小象的身边。她知道那个时候，她应该陪在小象的身边，世上没有哪个母亲可以丢下自己的孩子。

母象围着小象转了两圈，用长长的鼻子，安慰抚摸着小象，鼓励小象站起来，并用她那粗壮而笨拙的前腿，轻轻地摩挲着小象，试图把小象托起。母象那笨拙的粗腿，那一刻显得是那么的温柔而母性。

小象也挣扎着想站起来，可是它实在没有那个力气了。小象匍匐着，用尽生命的最后一点气力，但是它还是失败了，最后慢慢地躺到地上，慢慢地合上双眼。

母象木然地看着倒下的小象，慢慢地眼角淌下两颗泪，那份悲伤被定格在那无边的草原上。

母象回首看看小象，然后沿着象群的方向，慢慢地孤单上路。这时，大地一片苍茫，前路漫漫无期，整个草原只有那头大象，那么坚毅、神圣而高大！

母爱无边，母象用她的眼泪，给出了最生动最感人的诠释。

头痛花的春天

阳春三月，陌上花开，无限风情。头痛花也随着春的脚步，在春风的吹拂下，和着百花一道盛开，在春天里绽放着属于自己的美丽。

在很小的时候，我就知道头痛花。头痛花好像总是在不经意间就开花了。一开花就是一串一串，向着天空和太阳举着紫色的花蕾和花朵，很是好看。头痛花从不成片生长，最多就是一簇，山坡一簇、地埂一簇、屋后一簇。但是就是那么的一簇，却也显得那么的卓尔不群，美艳迷人。

手刚要触及那紫色的花朵，很快就会被大人呵斥，说那是头痛花，有毒，人碰了会倒霉的。于是，我便怯怯地退到一边，眼睛瞅着那么漂亮的花儿，心中怎么也想不通，那样的花儿，怎么叫着那么不雅的名字，又怎么会有毒呢？从此就无形中与头痛花保持着一定的距离，只是远远地观赏，不敢随意触摸。

年年春到，岁岁花开。头痛花每年总是以盛开的姿态，敲扣着我幼小的心灵和好奇的天性。在又一个春暖花开的日子，我终于没有把持住自己，偷偷地接近了头痛花，掰了一枝，轻轻把玩，头痛花的香味不是很浓烈，却也美妙，那种味道不可言说。那枝花被我拿了很久，不舍得丢弃。而我并没有感受到头痛花的毒性，更没有受到它的任何伤害。我不由窃喜，看来头痛花并没有人们传说的那样可怕，难以接近。心中也就莫名地喜欢上了这种可爱的花了。在我的心中，它就是一丛美丽的花。是花就应该像花一样有被人喜欢的权利。牡丹也好，罂粟也罢，没有人可以对一朵花指手画脚。

头痛花不被人们喜爱，人们往往会将它们砍掉，甚至连根挖起，但是每当春风吹来，人们便会惊奇地发现，在山坡抑或地埂上，仍然有那一蓬紫色的头痛花不屈地向着阳光和天空，烂漫夺目，笑对春风。

我的家乡是一个小山村。一到春天，那里满山满坡鲜花锦簇。那些花儿，不管人们的喜好如何，总是在它们的春天里，尽情开放，释放生命的激情。就像那不被人们喜爱的头痛花也有自己的春天，也会在春天里把自己的美丽呈现，完成生命的绝唱。没有谁能够阻挡生命之花灿然怒放。

现在我知道了，头痛花却有着诗意的学名：芫花或者紫金花，并且它还是一味药材。所以，我更加坚信头痛花也是花，并且是一种美丽的、坚韧的、有益的花。

落叶原是好东西

清晨，拉开窗帘，就看见了那满眼的黄。

昨夜的风还没有息，金黄的银杏叶在微风中翕动着，像极了一只只停在枝头扇动翅膀的黄蝴蝶。扇着扇着，有不安分的一只，就悄悄地离开了群体，从高高的枝头飘然而下，姿态优雅而从容。接着两只、三只……

出去上班时，门岗王师傅正在打扫地上的银杏叶，一夜北风，一排的银杏树落英缤纷，地上铺满了一层厚厚的银杏叶。旭日初升，照在金黄的银杏叶上，耀眼夺目。

王师傅已经扫了不少银杏叶。但是让我奇怪的是，他并没有把那些银杏叶倒进离银杏树近在咫尺的垃圾池里，而是把它们通通送到护城河边垂柳的根部堆积起来。那里已经堆积有不少的银杏叶。

我禁不住问他缘由。

王师傅停下扫帚，挠了挠头皮，然后憨憨地笑着说："这么好的东西，倒进垃圾池里，怪可惜的。"

我听了，心里不由一暖。原来在他的心目中，那些让他不辞辛苦打扫的银杏叶，居然都是好东西！我似乎就明白了，心中有美，物物都美；心中有佛，人人皆佛。

我望着那满树和满地的银杏叶，它们不论生长在枝头，还是坠落地下，都是一样的美。那些叶子，从春到冬，由青转黄，经受了风雨的洗礼，经历了岁月的沉淀，青是生命的姿态，黄也是生命的颜色，它们的脉络里呈现的都是生命的底色。那些落叶即使零落成泥，依然会芬芳如故。

我们礼赞银杏叶在枝头的绚烂，我们应同样为遍地的落叶而歌唱。它们只是换了一种方式美丽而已。

第二辑　路上开满会走的花

洗净旧衣

　　一年前，朋友被调到县里一个单位当一把手，我们去送他，到过他的单位。那是一个小单位，绝对是属于姥姥不疼舅妈不爱的那种单位。单位办公楼还是 20 世纪 70 年代兴建的，土得掉渣，且破落不堪。当时我们都在默默地想，这样的环境，凭他小子再有能耐，也是难有作为的。

　　没想一年过去了，那小子却干得挺不错，把个小单位经营得风生水起。前几天在县电视台见到他单位的宣传片，居然要申报省级文明单位。从宣传片上的确发现他单位发生了很大的改变。真不知这小子有什么灵丹妙药，让那样的单位也能华丽转身。

　　禁不住好奇，我决定到他单位去看个究竟。一进他单位的大门，就觉得有不一样的气息。办公楼被重新粉刷了一遍，显得焕然一新。小小院落里修建了一个不大的花台，鲜花吐蕊，芳香四溢，让人精神倍感清爽。楼道内隔不远便有一盆花草，墙壁上悬挂着一些励志和廉政类的字画。朋友问我："如何呀？"我笑了："不错，不错，没少花钱吧？"朋友也笑了，然后很认真地告诉我："花草是职工从家里带来的，这些字画也都是出自单位职工之手！"神情中满是自豪。

到了他的办公室，一切是那么的整洁，纤尘不染。朋友给我倒了一杯茶，忽然指了指办公桌上"禁止吸烟"的牌子对我说："有点对不起你了，我这里是无烟办公室，今天可不给烟你抽！"一句话说得我倒不好意思了。他从前可是个烟鬼，我不由疑惑地望着他，朋友明白我的意思，呵呵一笑："早戒了！"

我品了一口茶，对他说："你小子整得不赖哟！"

朋友也抿了一口茶水，然后笑道："我只是把旧衣服洗干净点而已。"

我默默地品着朋友的话，是啊，把旧衣服洗干净同样也能穿出光彩照人。

20世纪的事

今天和同学一块到泼河镇一个叫何尔冲的村去钓鱼。那里离县城比较远，偏于一隅。但对那个地名我却不是很陌生，因为在20世纪80年代中期，我曾去过那里，也是跟同学一块去的，不过此同学非彼同学也。而今，30年后再相逢，不觉感叹韶光易逝，流年似水。

站在何尔冲长长的渠道边，我的思绪有些飘忽不定。总不敢相信再次一晤，竟有30年的光景了。30年前的何尔冲已经在我的印象中很是模糊，不知跟眼前的何尔冲是否一样。只是我知道，渠道里的水已经流了30年，再也不是30年前的了。因为孔老师早就说过："逝者如斯夫！"

时间流逝得是快了点。现在大家在一起聊天，回首往事时，却发现往事虽然不很遥远，但也却是20世纪的事情了。谁要咱们是跨世纪的人才呢，新世纪才过了10多个年头，我们的主要经历都在20世纪。所以，20世纪的事，永远都会让我们刻在心头。

20世纪的事，有喜有忧，有悲有欢，有爱有恨，有笑有哭。人们在形容某件事情时，总喜欢前缀一些表示感情的修饰语，这说明人们对曾经的过往总是很在意的，对过去的生活总是满怀感情的。是啊，经过了就是一笔财富，喜过、忧过、悲过、欢过、爱过、恨过、笑过、哭过，这样才组成我们真实的生活，才使我们的人生充满乐趣。一个没有回忆的人，将是很悲哀的。回首往事，盘点心情，是人生最幸福的事情。怀旧是一种人文情怀，是一曲不朽的歌，是代代相传的衣钵，是源远流长的精神。"前事不忘，后世之师"啊！所以我们回忆，所以我们念念不忘我们的20世纪。20世纪的河流里流淌着我们的故事，20世纪的天空上飘荡着我们的心事，20世纪的土地中根植着我们的情感。20世纪的事已经开成一树缤纷的花，在我们的心中灿烂鲜艳，香气萦绕。

青山遮不住，毕竟东流去。我们回忆往事，我们更要过好今天。20世纪的事我们用回忆来过，这个世纪的事我们用行动来过。像今天的我，在何尔冲的渠道旁，发了这么多感慨，想着我十二三岁的少年时光，思念着那时和我一起玩耍的同学。但是，现实是，我必须和我现在的同学认认真真地钓鱼，家里还等着我满载而归炖鱼汤呢！

一根头发的长度

　　早晨在一个小摊点吃早餐。

　　和我同桌的是一个年轻的母亲和她的女儿。

　　小女孩约莫十一二岁光景，模样很秀气、清纯。

　　我们仨都点的是一份鸡蛋方便面。

　　不一会，她们母女俩的面先上来。小女孩端过面就开始吃；她的妈妈有些矜持，先用筷子把面拨了拨，才开始慢慢地品尝。

　　才吃了几口，年轻的母亲不由皱了皱眉头，原来她碗里的方便面中有一根细细的头发，不长，但还是被她发现了。

　　年轻的母亲就很生气。她看了我一眼说："这里真不卫生，面里居然有头发！我得找老板去。"

　　我还没来得及表态。只见小女孩轻轻地拽了拽她妈妈的衣袖，轻轻地对她妈妈说："妈妈，小声点，不要让别人听到。"

　　年轻的母亲愣了一下，问小女孩："为什么不要让别人听到？"

　　小女孩笑了："听您这么一说，别的顾客会不吃的，影响老板的生意。"

　　然后她又接着说道："妈妈，包涵点吧，有时您做菜时，不小心也把头发掉到菜里，你的头发比这还长呢！"

　　她的话让年轻的母亲脸一阵绯红，说了句："这孩子，还挺替别人着想呀！"然后，就低下头接着吃面。

　　这时，我要的面也来了。

　　我没看，端起面就吃。和方便面一起吃下的是我深深的感动。

春雨不寒

窗外春雨淅沥，如诉如泣。春雨中，小草溢翠，柳枝摇曳，万物呈现出勃勃生机。春雨总能撩人遐思，不觉中就想起了爷爷，想起了爷爷说的"春雨不寒"来。

那时候爷爷在生产队照看队里的十几头耕牛。在爷爷精心的照料下，经过漫长的冬季，那些牛头头膘肥体壮，精神饱满。初春了，田里的紫云英刚刚开出了紫色的小花，爷爷每天都要去割一些紫云英喂牛，说是让牛尝尝鲜。

我记得那天，天刚蒙蒙亮，爷爷就起早准备去割紫云英。外面春雨霏霏，一直下着。我还躺在被窝里，听到爷爷的动静，知道他要出去。就对他说："爷爷，外面下雨了！"爷爷笑了笑，停顿了一下，然后对我说："傻孩子，春雨不寒呢！"说完就戴着斗笠穿着蓑衣出门了。那时，我也就八九岁吧，那个时节，我觉得天还有些微冷，可为什么爷爷却说"春雨不寒"呢？

后来我上学了，学到了"沾衣欲湿杏花雨，吹面不寒杨柳风"这样的诗句，这是不是对爷爷所说的"春雨不寒"的注脚呢？

可是书上还有"阴雨绵绵，春寒料峭"这样的词语。这么说，春雨还是寒冷的了。我有些迷茫了。

随着年龄的增长，我又知道了一个词，那就是"人勤春早"，联系到爷爷一生的经历，我慢慢地就体会到了爷爷说的"春雨不寒"的含义了。

爷爷幼时家境贫寒，为了生计，当过苦力，挑柴贩炭，客居他乡，寄人篱下。听父亲说，爷爷挑炭，有一次在寒冬腊月冰天雪地里走了三天三夜，破的露脚趾的布鞋最后都跟脚粘在了一起。但是不论生活再苦再难，爷爷总是乐观豁达，笑对人生。他说，自己不缺胳膊少腿的，做到手勤脚勤，就一定能干出名堂来。爷爷就是凭他的勤劳，最后荣归故里，盖起新房，并供父亲上学，跳出农门。

是啊，人勤春来早，春雨才不会寒呀！在这春雨绵绵的日子想起爷爷，品味着爷爷的话，总会给我激励和动力。我知道上苍只眷顾那些勤劳的人。只有精心春种，才能秋收冬藏。

登高不为望远

　　我不知道心情的好坏是否跟天气有关，但我很清楚一个人、一件事肯定能影响甚至左右一天的心情，无论那天是晴还是阴。就像这个普通的冬日，因为一件事，我的心情莫名地就抑郁起来，蔫蔫地提不起精神。朋友见我这副模样，就让我跟他一起去爬山。

　　于是就驱车赶往临近的新县，直达将军山的山脚下。将军山原本叫西大山，本来是座很普通的石头山，却因为许世友将军的缘故，摇身一变就改了姓易了名，进行了旅游开发，蓦然就风光起来热闹起来。

　　将军山多石少树，颇为陡峭，很有壁立千仞的味道。在冬日里更显萧瑟和冷峻。抬头望一眼，立即就感受到它的威严。看来将军还真地赋予了它某种精神。

　　我们沿着那新砌的石阶拾级而上。这一天，无日，有风。冷风不认人，见人就往脖子里钻。这么冷的风，到了山上还不得把人冻坏？有人这么说。其实这是多虑了，因为再上一段山，身上就开始出汗，身体不一会就暖和了。

身体暖和了，我放慢了脚步，开始看看山上的风景。那些矮矮的树，浅浅的草，长长的藤，更多的是光光的石。石头应该是山的骨骼，是它们撑起了那一座座山。那些石头嶙峋多变，姿态各异，造化手笔，鬼斧神工。它们经霜沐雨，不知沧桑了千年还是万年？它们是否有些话想说呢？我轻轻地敲了敲身边的一块巨石，巨石无语，再敲，还是无语。我心虚了，怯怯地看了它一眼，继续登山。

越往上走，台阶越显陡峭，攀登略显艰难，只好走走停停。这样也好，可以更好地观景。吸引我的是台阶旁那些标有名字的灌木。我一一地打量着它们，它们在山风的吹拂下，也不时地摇动，可能是在跟我打招呼吧。我在心里默默地记下它们的名字：刺果卫茅、粗榧、八角枫、南蛇藤、灯台树、柘树、白腊树等，我都是第一次知道它们的名字，虽然它们存在已久。也许它们的存在从来不在乎那些风那些雨。春来发芽，秋到落叶，以自己那顽强的生命去丈量时间去亲吻岁月。我凝望着它们那纤细的躯干和枝丫，心里突然就平静了。

我停下脚步，我想爬山的目的已经达到了。

站在半山腰，看那些上上下下的游人，他们都在走自己的路。我想不论他们带着什么样的情绪来爬山，爬过之后心情肯定会有所改变。山下山上，风景不同呀！

走着走着花就开了

县里组织迎新年万人徒步活动，浩浩荡荡的人群行进在美丽乡村晏岗那美妙的田园中，蔚为壮观。那天天公作美，薄雾缭绕，使得晏岗更增添了几分神秘、浪漫与诗意，让人感觉如在仙境一般。

美丽的晏岗是我可爱的家乡，随着人流迈步向前，我由衷地感到亲切、自豪、激动、心潮澎湃，这可是我的故乡啊！不觉就想起艾青那脍炙人口的诗句："为什么我的眼里常含泪水，因为我对这土地爱得深沉。"

脚下的这条路，我已经走了四十年。四十年暑往寒来，四十载风雨雪霜，这条路早已变换模样，几经更替，由原来的土路、石子路，到现在宽阔的水泥路，路已不是原来的路了。我已从少年、青年，走进中年。但是，我还是我，对故乡的意难舍，情不变，爱永恒。

其实，我们一直都在路上。在路上经历日子，在路上感受生活，在路上体悟生命。生命是一趟单行车，我们一踏上尘世之路，就只有义无反顾，风雨兼程。

不论路上风景如何演绎，不论路上风云如何变幻，不论路上风物如何更迭。我们能做的就是一步一步地走，走过春秋，走过冬夏；走过白昼，走过黑夜；走过悲欢，走过喜忧。岁月是一条长河，奔流向前，泥沙俱下，所有的我们都应该笑纳，那样才能拥有一份真实的人生。

人生就是一场长征，唯有不忘初心，逐梦前行，一步一步地走，才能走向最终的胜利与辉煌。

走着走着就成熟了，走着走着就四十了。惑与不惑，冷暖自知。路好不好，鞋知道；鞋好不好，脚知道；脚好不好，心知道。

目光朝着太阳的方向，你就会知道，走着走着雾就散了，走着走着春就来了，走着走着花就开了。

甜甜的萝卜

周日，和一个文友到乡下垂钓。

冬日的原野给人的印象很是朴素，由于现在乡亲们大都外出务工，种庄稼的人少了，原野里只稀稀拉拉的有几块田地里种有小麦和油菜。倒是临近我们垂钓的池塘边有一块菜地，菜地里种的萝卜却长势良好。

我和文友边垂钓边闲聊着。

这时，一个老太太，挑着两只水桶，慢慢地朝我们身边的菜地走来。

来到池塘边，她从塘里慢慢地提了两半桶水，然后步履蹒跚地挑到菜地，原来她是来给萝卜浇水的。她轻轻地一瓢一瓢很认真地给那些萝卜浇水。

文友和她攀谈起来："老大娘，您高寿呀？"

老太太朝我们憨厚地笑笑说："八十四了，不中用啦！"她的话让我和文友都大吃一惊。那么大年纪，居然还来挑水浇菜，真不容易。

文友接着问她："您来浇菜，家里其他人呢？"

老太太又笑了："家里就我一人，老头子走得早，几个孩子在外工作的工作，打工的打工。"

听她那么说，我禁不住问她："您一个人在家，种那么多萝卜吃得完吗？"

"哪里啊，是我在安徽工作的小儿子说喜欢吃家乡的萝卜干，让我腌一些让人带过去。"

说话的工夫，老人的两半桶水已经浇完，又挑着空桶准备到塘里提水，我赶紧放下鱼竿，跑过去接过她的桶，帮她挑了满满两桶。老太太连说谢谢！

我们就这么和她交谈着，老太太很健谈，且耳目聪明。她很是自豪地告诉我们说她的孩子都很孝顺，隔不多时就会给她汇钱来；还给她配有手机，时常给她打手机聊天。

我和文友先后帮她挑了几担水，老太太直夸我们心眼好，说得我们都怪不好意思。

老太太浇完了地，从地里拔出两个个头大的萝卜，送给我和文友。说谢谢我们帮她挑水，没有别的好吃的，就送两个萝卜让我们尝尝，并说她的萝卜很甜。

我和文友非常过意不去，但不愿拂她老人家的心意，就接受了。

望着老人在夕阳下慢慢挪动的背影，我和文友相视无言。

文友随身带有小刀，把萝卜削了皮，递给我一个，我轻轻地咀嚼着，真的很甜很甜……

冬天日头长

从新居到老屋，有两条路可走，一条要经过司马光路，这条路虽短，但拥挤繁忙。一般情况下，我喜欢走另一条路，就是经过一段长长的护城河岸，拐过一座桥，经海营路回家，这条路虽然长一些，但是却相对清静。这对喜欢走路的我来说，尤其难能可贵。

特别是这个冬天，是名副其实的暖冬，时令已是三九天，但是丝毫让人感觉不到一丝冷意。冬日暖阳高高地挂在天上，晒在人身上，暖洋洋的，竟然有春天般的感觉。在这样的日子里，你便会发现，走路其实是一种很美妙的享受，是一件很幸福的事情。

笔直悠长的护城河，水波不兴，平整如镜，冬阳照在水面上，泛起粼粼波光，晃花双眼。护城河边一溜高高的垂柳，虽然早已褪去华丽的盛装，但是柔软的枝条却依然那么迷人，仿佛卸妆后的少女，更显素面朝天，清新可人。沿着护城河，与阳光一路同行，品味往事，咀嚼时光，便觉得很是闲适与舒畅。

每次，到了那座桥的时候，我都忍不住停下脚步，因为，那里有一道特别的风景。

阳光很好的时候，桥边有户人家的一位老太太，总会坐在轮椅上，靠着护城河边的一根电线杆，在那里边晒太阳边读书看报，旁边的一只凳子上还放着一些书报。老太太有八十岁吧，满头银丝，慈祥的脸上尽是岁月留下的深深印痕。每次看到她时，她都安静地坐在轮椅上，戴着老花镜，一声不吭，专心致志地看着书。她看得很认真，好像完全沉浸到书报之中，根本没有注意旁边任何的风吹草动。

每次，我都想跟她打声招呼，可是我担心自己的唐突会扰乱了她的清静。只是静静地看上她几眼，老人坐在那里，那个姿势定格在冬阳下，是那么的安逸、动人、坚毅、悠闲。

今天，老太太依然坐在那里晒太阳看书。我经过那里的时候，老太太可能看的时间久了，有些疲惫吧，把目光从书本里挪开，还伸了一下胳膊。不想，却把书本弄掉了。我赶紧帮她把书拾了起来。

在把书本还给她的时候，我问她："大娘，您高寿呀？"

老太太耳朵挺好使，她说："八十二了。"

"书上的字都看得清吗？"

"看得清，我戴老花镜呢。"

"这么大年纪，您还看书，真不容易。"

"呵呵，不是说活到老学到老吗，经常看书可以长知识哟，再说，没事看看书，可预防老年痴呆呢！"老太太很健谈。

我翻了翻凳子上的书报，有《益寿文摘》《知识窗》，还有本地的日报和晚报。我心里不由满是感动，对她说："大娘，外面冷，小心着凉。"

老太太抬头看了看天空，然后笑着对我说："没事，冬天日头长呢。"我们这里把太阳称为日头。

我也抬头看了看天，可不，冬日暖阳正以最具亲和力的态势，把缕缕阳光洒下人间，我不由感觉到一股暖意在周身涌动，心里弥漫着幸福的味道。

老太太又开始看书，依然那么自然、安详。她安静的姿态，让人感觉到岁月的那份静好、美丽。

冬天日头长，照耀你我，温暖心房。

只有归时好

二十多年前，表哥在老家种有几亩田，门前一口鱼塘，家里养有2000只鸡和十几头猪。每天表哥种田打鱼，侍弄鸡猪，日子过得既忙碌又充足，累并快乐着。没事时表哥总喜欢喝个小酒，喝完酒就叼根纸烟，在田里转悠，问候问候塘里的鱼虾，然后回家听听鸡的吵闹和猪的鼾声。那时表哥的心境就像那时的天空一样纯净，他很自恋那种生活状态。

可是那种状态没有持续多久。因为那时外出务工已蔚为风潮，开始时表哥尚且不为所动，可是等每年春节之际，村里那些外出务工者都衣着光鲜地荣归故里时，表哥才感觉到与他们之间的差距，自己还是破衣烂衫，满身都是泥土的味道，而那些打工者言谈举止之间都传递的是一种城市的因素，表哥总觉得和他们不是一个层次的。表哥有些动摇了，心想凭他的能力肯定会比那些人混得好，在经历过几番艰苦的思想斗争后，表哥毅然加入那些外出者的行列中，拖家带口开始了漫漫打工之旅。

打工之路注定不会一帆风顺。每一个打工者都会有一部自己的辛酸历史。二十年间，表哥先后去过广州、深圳、苏州、青岛、北京，也分别尝试着干过泥瓦匠、装修、搬运、伐木、拆迁等，这其中的苦累与艰辛，只有自己知道。表哥最后在北京落脚，在一家厂区门前，租了一爿小店，经营早点和小吃。这一干就是十几年。

搞小吃是非常辛苦的事情。表哥感觉自己就像一个钟摆，从睁开双眼一直忙碌到深夜，从未停止过。每天凌晨三四点钟就得起床，和面、支灶、煮饭、蒸包、做汤，等稍微亮了，厂里有人出入，就得开始炸油条、糖糕，然后卖早点。中午和夜晚，得根据客人的需求，煎炸烹炒，倒水添饭；等客人走后，洗刷清理，打扫卫生。每天都忙得不亦乐乎，腰酸背疼腿抽筋。好不容易躺到床上，却还得盘算着明天的所需，加之腰痛难忍，一时却难以入寐。好不容易迷迷糊糊地睡着，闹钟却"叮铃铃"地响起，他又一个骨碌爬起来，因为他知道，新的一天又开始了，生活还得继续。

表哥一家四口都在北京，那种开销自不必说，多年的打拼，其实也没有挣多少钱，反而让表哥感到心累。二十年的打工生涯，表哥从而立少壮到如今霜染两鬓，有时稍微得闲，他就在思考一个问题，打工为什么？他想来想去觉得也无外乎养家糊口一日三餐。遥想从前的日子，自己也是衣食无愁，还多了些快乐和自由。而现在每天忙碌，总觉得少了点什么，就连笑也觉得有些勉强而不真实。在一个阴雨的夜晚，表哥想了很多，他知道北京再好，终归是别人的城市，而他的家远在千里之外，在那个江淮之间生长着两季庄稼的富饶而又美丽的地方。在抽了两包烟后，表哥又坚毅地作出了一个决定：回家。

如今，表哥又干起了他农民的本职，因为家乡许多人都在外务工，家乡大面积的田地都撂荒了，表哥拾掇出十多亩田自己种着，并且他在门前开挖一口鱼塘，放养了满塘的鲢鳙草鲤，还盖了鸡舍猪栏，又养了2000只鸡和十多头猪，仿佛一切又回到了从前。表哥又抿着小酒，叼着纸烟开始视察属于他的王国。

　　在这个初冬的季节，站在表哥新建的楼房前，我感受到他的幸福。起风了，门前金黄的银杏树，落叶簌簌，纷纷扬扬地落到那亲切的土地上，那姿态美丽而轻盈。

升格

三哥得了孙子，打电话接我去喝喜酒，还笑着叮嘱我一定要回去，说我也水涨船高，升格当小爷了。我心里喜滋滋的，连说一定回去，一定回去。

放下电话，心情却久久不能平静，不仅因为三哥家添人进口，更重要的是三哥所说的升格，无形中我又长了一辈。要知道，升格可是我儿时最大的梦想。

黄姓一族源远流长，我们这一支系，也有悠久的历史，人丁兴旺，到我这一辈有记载的已经传了二十三世。祖上有一代是长门，长门在他们那会是风光的，众星捧月，前呼后拥。随着时间的推移，长门这支系的人口肯定繁衍得最多，人多辈分也多。所以到我这一辈的时候，我清楚地知道，我和二爹家的大哥二哥三哥是全村辈分最低的。这就是我从小不能释怀的事情。

辈分低是我少年之烦恼。少时的我和村里人相处，总觉得矮人三分，因为我辈分低啊，见人不是喊叔叔，就是喊爷爷，甚至喊太太。弄得我很没有心情，觉得忒没意思。有一次，二爷家的大姑回娘家，当时，我和四五个年龄相仿的伙伴正在玩大炮小炮的游戏。战斗正酣畅淋漓的时候，大姑从我们的身边经过，伙伴们都热情地打招呼，这个说："大姐回来了。"那个也说："大姐回来了。"我当时不知道哪根筋出了问题，也不假思索地跟着他们说道："大姐回来了！"大姑和伙伴们先是一愣，然后都哈哈大笑起来。过一会我才反应过来，立即脸红脖子粗地低下头，真恨不得地下有条缝，我好钻进去。

更可气的是有些年龄比我小的小孩在我面前摆谱，特别是我喊小叔的老白没事总调侃我，一本正经装腔作势俨然以长辈的口吻对我指手画脚，吩咐这安排那，让我好不气恼，也让我小小的心灵很受伤，有几次恨得都想揍他。有次实在觉得很是委屈，就向奶奶诉苦。奶奶笑笑，摸着我的头说："自古就有'摇窝子爷胡子孙'，你这算什么，辈分是传家宝，任谁也改变不了的，你就接受现实吧。"

那就接受吧！从那时起我就有一个梦想，就是希望有一天，有人能喊我长辈，好让我能升格。可以说这个梦贯穿着我的整个少年时代。

该来的终将来到。20世纪80年代中叶，在我少年时光即将过完的时候，我的梦实现了，我有了第一次升格。二爹家的大哥喜得千金，我有了一个宝贵的侄女丽丽。得知我有了侄女的消息，是在一个周末，我从学校回家，奶奶告诉我的。我竟然高兴地跳了起来，我一激动，在家里翻屉倒柜，居然找到了一个过年时遗落的炮仗，亲自点燃。那清脆的响声，是我向世人昭告：我当叔叔了！点燃后，我一路小跑，来到大哥家，迫不及待地去看那个将来要叫我叔叔的侄女。丽丽很可爱，粉嘟嘟的小脸，正呼呼大睡，我看得满心欢喜。那以后，我只要回家，准会跑到大哥家，抱她哄她逗她。他们都说我喜欢小孩，可是他们哪里知道，那小孩可是帮我实现了最美的梦呀。丽丽已长大成人，很是争气，为我们黄家争了光，考上了北京大学，现在定居美国。远在大洋彼岸的她可能永远不知道，从小我是多么地宠她哟。

后来，二哥三哥也相继结婚生子，我一次又一次地当叔叔，一次又一次地兴奋。我知道，亲情就是一棵树，要拔节生长，开花结果，繁衍生息，只有一代代传递，亲情之树才能繁茂长青。

2000 年，儿子呱呱坠地；2009 年，天使般的女儿又降临人世。我又升格当了父亲。那种欣喜自不必说，我知道，父亲不仅是一种称谓和呼号，更是一种责任和担当。每一次升格，就必定应有一次升级和升华。

现在我居然又升格当了爷爷辈了，回想起儿时那天真的梦想，不觉令人莞尔。岁月是条奔腾的河，永远向前，永不停歇。如今早过不惑之年，对于称谓的高低，早已不再介怀。爷爷也好，孙子也罢，只是一个家庭衣钵的延伸，是一个家族血脉的延续，是一个民族兴旺的延展。

忠厚传家，孝悌继世，岁月静好，幸福绵长。

请人吃饭不如请人锻炼

这是左作家第六次给我打电话了，内容还和前几次一样，喊我去打球。而这次我又让他失望了，因为夜晚别人喊我去吃饭。过年嘛，无非就是这样，今天我请你，明天你请我，吃吃喝喝，玩玩乐乐。好像唯有如此，才能显示出过年的意义和味道。

我感觉到左作家的失望，那边半天没有挂电话，似乎有些欲言又止，又似乎有批评人的冲动。我顿了下怯怯地说，尽量早点吃完，然后去。他不置可否地"嘿嘿"两声，然后挂掉手机。

除夕那天下午，左作家就邀我，问我是否有时间打球。正忙于贴春联的我，连想都没想就回绝了。我那时满脑子想的都是贴罢春联，还得准备年夜饭，然后调节心情，等着抢红包看春晚。谁还有闲心去打什么球。还在心中暗暗地笑他真是一个不解风情不食人间烟火的家伙。

春节到了，我就该忙于拜年了。整个春节假期，我就没有一天闲暇的日子，所有的亲戚我都得一家一家地去拜年，送上新春的祝福和问候。拜年的传统，我一直沿袭很好。我家亲戚多，且大多在农村，农村对拜年又尤其讲究，所以，我不敢懈怠。于是该走的脚步一定走到，生怕由于自己的疏忽而落下话柄。每天都像陀螺一样围绕"拜年"这个话题而不停地旋转，累还要故作轻松。拜年总跟吃喝相关，那就吃吧喝吧，好像这几天一直都是醒时难有醉时多。在这样的状态下，不解风情的左作家一个又一个电话约我去打球。结果肯定是去不了了！而没有节制地胡吃海喝让我的体重剧增，前天在亲戚家的体重秤上那么随意一站，指针一下子就窜到了八十二千克。我的个神，几天下来，自己足足长了三千克肉肉，体重一不小心就突破了八十千克大关。摸摸已经变形的肚肚，一时竟茫然无语。

因为左作家那两声让我费解的"嘿嘿"，今天这顿饭我吃得有些简约，饮酒很少，然后托词有事，就匆匆离席，直奔左作家的单位。说实话，这么多天没打乒乓球，手也实在痒痒，既然左作家三番几次地找打，也应该去满足他的愿望。

一上三楼，就听到训练馆里人声沸腾，噼里啪啦的，很是热闹。我小心地伸进脑袋，乖乖，里面全是锻炼的人！跑步机上、举重器材下、沙袋旁、羽毛球场里、乒乓球案边，男男女女十几号人正热火朝天地运动着。原来在年味如此浓烈的氛围中，居然有这么一群不合时宜的家伙躲进小楼自得其乐。

见我来了，左作家微微颔首，算是招呼，然后扔给我一个球拍，我们心照不宣地来到剩下的那个乒乓球案，开始"乒乒乓乓"了。

运动间隙，他问我："酒还没喝完吗？"

我点了点头。

他摇了摇头，又"嘿嘿"两声。指了指我大腹便便的水桶腰说："请人吃饭不如请人锻炼。"尔后意味深长地看着我。

我懂。

年味永恒，也许，我们应该在永恒的年味中推陈出新，在时光的轨迹上留下清新隽永的年的味道与记忆。

三元钱的事

快下班的时候，老家的父亲让他回去一趟，说有事和他商量。他诺诺答应。他心里清楚，事不大，可他不愿拂父亲的心意。

天上浓云密布，眼看要下雨了。他的视力不是很好，他担心一会下雨开车不方便，就决定坐公交车回去。现在农村的路都很好，交通便利，搭车很方便。

他到公交站点，很快就坐上了一辆开往家乡小镇的公交车。这是一辆小中巴，车上人不多，司机是个年轻人，开车的速度很快。其实公交车的司机开车的速度都很快，为的是赶时间。以便一天能多跑一两趟。

车厢内的气氛和外面的天气一样，有些郁闷压抑。司机就打开了音乐，希望以此让人们放松心情。

他让司机尽量开慢些，并问司机开车多少年了。

司机讳莫如深地一笑：放心吧，老司机了！

他也淡淡一笑，就把视线投向车外。车外的世界正是仲春，虽然云幕低垂，却也难掩春天的气息。公路边的槐花正开，浓郁的香味直往鼻孔里钻，他贪婪地吮吸着，思绪就不由飘回故乡，油然而生浓浓的故园情。

公交车走走停停，车上的人上上下下，他也懒得理会，完全沉浸在对家乡的美好回忆中。

雨终于没有憋住，撕破云层，开始下了起来，不是很大，却下得很急，足够打湿衣衫。

过了镇中学路口一段距离，路边有五六个学生边走边使劲地挥手示意停车。他们有的用书包遮着头，有的把衣服披在头上，显然他们是放学回家遇雨的学生。

车门开了，除了一男生外，其他学生一拥而上。司机把头伸了伸，问那个男生是否坐车，男生笑笑，摇了摇手。

司机摇了摇头，加油门走了。

学生们一上车，车厢里就热闹起来，他们叽叽喳喳地说个不停。

他就坐在车窗边，回首望了一眼那个在雨中行走的男生，一时无语。

司机走了一小截，忽然回头问学生们那个男生为何不坐车。

刚刚还说说笑笑的学生，一下子静了下来，半天没人接腔。

司机又问了一遍刚才的问题。

顿了顿，有个女生说，那个男生说要节省那三元钱明天吃午餐。

司机猛地踩了一脚刹车，把车熄了火。这一举动把一车人都弄了个大趔趄，大家都有些埋怨司机怎么开的车。

司机连说对不起。然后扭过头又问那个女生是不是男生家里特困难。

女生点点头说，男生的家是贫困户，父亲前年去世了，母亲在外打工供男生兄妹上学。

司机没有说话，把车打响，挂倒挡，车在公路上慢慢向后倒去。他问司机怎么啦？司机说去接那个男生。他微微颔首，不由对司机投去敬佩的目光。

很快，车就倒到男生的身旁，雨还是急急地下着，男生的头发和脸庞都是雨水，但男生不管不顾，仍然昂头走着。

车停在男生的身边，司机打开车门让男生上车。

男生又摇了摇手，说自己没钱。

司机大声说，不要钱，快上车。

这时车上的学生们都喊男生上车。

男生迟疑了一下，用手抹了一把脸上的雨水，腼腆地说了声谢谢，然后上了公交车。

待男生坐定后，司机再次打响车子，在春雨中的公路上疾驰前行。车上变得安静了，那些学生也不再说话，只是默默地想着自己的心事。

很快，车到了小镇，他下车付车费。县城到小镇七元钱，他给司机十元。司机准备找他三元。他摇了摇头说，不用了，那三元是他替学生付的。司机愣了一下，还是坚持找他钱，他摆了摆手，就下了车。

司机冲着车窗外说了声谢谢，他回头一笑说，应该谢谢你！

春雨这会下得欢了，淋在他的脸上，他竟感觉到是那么淋漓酣畅、滋心润肺。

穿着拖鞋跑步

每天清晨，送完女儿上学后，离上班时间尚早，我总要驱车到城边的植物园去散散步。植物园面积宽阔，树木繁多，曲径通幽，空气清新，很受人们的喜爱，是小城人休闲晨练的好去处。

今晨天气不错，气候凉爽，微风习习，很适合运动。我到那里时，已有不少人在晨练，有跑步的、走路的、打太极拳的，人们各自运动着自己的运动，互不干扰，自得其乐。

植物园内有淡淡的花香氤氲，鸟儿在林间自在的啁啾。我停好车子，深深地吸了一口气，便开始甩胳膊踢腿地走起来。

这时，有两个年轻女子说笑着，从旁边的小径穿出，绕过我的身旁，朝前不紧不慢地跑去。

我看了她们一眼，不由乐了，原来其中一个女子居然穿着拖鞋在跑步！拖鞋是鲜红色的，非常艳丽，跑起来一闪一闪的，很是吸人眼球。再看她的背影，头发披散着，身上穿的还是睡衣，真是一个另类的女子哟。

她们慢跑着，我快走着，差不多能跟得上她们的脚步。

　　我听到另一女子开玩笑地对穿拖鞋的女子说："你个家伙，我估计全世界只有你穿着拖鞋跑步。"

　　穿拖鞋的女子银铃般地笑了："我喜欢！"

　　她的一句"我喜欢"，却让我怦然心动。

　　是呀，千金难买我喜欢！

　　要知道，有许多人正是因为不能做自己喜欢的事爱自己喜欢的人，而空余遗憾。

　　我们真的应该抛却一些不必要的束缚，放开手脚，活出真我，爱我所爱，喜我所喜。

　　只要你愿意，你也可以穿着拖鞋跑步，你也可以打着赤脚走路，你也可以拿着雨伞淋雨……

　　世事纷繁，生活百样，只要是听从心的召唤，人生就会另有风景、别具风采。

你不化妆我就戒酒

阿木嗜酒，逢饮必醉，每次回家，踉跄难行，满身酒气，即便这样，却兴致高昂，喋喋不休。令老婆小森尤为气恼。多次劝说甚或勒令其戒酒，阿木每次都笑着答应，可那是醉时的承诺，到了醒时，拒不承认。再有酒场，一切都抛到九霄云外。

是夜，阿木又酩酊而归，又是激情演讲。小森懒得理他，没有听众，阿木便觉得无趣，胡乱洗漱一下，便倒头大睡了。

第二天早晨醒来时，小森正在梳妆打扮，准备去上班。阿木觍着脸，往小森身边凑，吸吸鼻子，连说好香。虽然他酒已醒，但酒味犹存。小森皱皱眉头，用胳膊拐了一下阿木，让他一边去。

阿木拿起牙刷准备刷牙。小森又开始老生常谈，义正词严地要求阿木必须戒酒。

阿木看着对镜贴花黄的小森，狡黠地笑了笑说："男人喝酒，就像女人化妆，怎么能戒得掉呢！"

小森边抹脸边说："女人化妆是为了留住美丽增添魅力！"

"男人喝酒是为了更具豪气更显英雄气！"阿木接道。

小森又说道："我打扮不是为你吗，不是说女为悦己者容吗？"

阿木嬉皮笑脸道："男人吗，也总得有几个哥们，酒为知己者饮呢！"

小森说："喝酒有什么好，伤肝伤胃的，有损身体健康！"

阿木答："不喝伤心啊！"

小森拿他没辙，索性停了下来，问阿木道："你要怎样才肯戒酒？"

阿木眼睛朝着小森身上滴溜溜乱转了几下说道："你不化妆我就戒酒。"

小森沉思片刻，打了盆清水，把刚刚化了妆的脸用清水洗了一遍。然后朝阿木耸了耸肩，拿上包，素颜上班去了。

阿木被小森的举动给怔住了，待反应过来时，小森已经摔门而出。阿木喊道："别介呀，姐姐，我说着玩的！"

小森头也没回，硬邦邦地撂回一句："姐是认真的！"

阿木一时愕然，知道自己的玩笑开大了，心想这回非戒酒不可了。戒就戒呗，不喝酒能死人吗？阿木咬咬牙对自己说。

接下来几天小森果真没有化妆，只是简单的梳洗而已。

看来老婆大人玩真的了，阿木也不敢造次，推掉了几个酒场，虽然也参加了两场应酬，尽管唾沫咽了又咽，面对近在咫尺的酒瓶，阿木还是禁住了诱惑，找了各种理由不喝，被朋友们很是取笑。平时喝酒的人，如果突然不端杯了，是件挺麻烦的事情，别人总要打破砂锅问个子丑寅卯来，场面会是很尴尬的。

阿木几次都想跟小森妥协，让她接着化妆，而自己也可再饮。可小森同志根本不买他的账。阿木就无计可施了。

那天下班，阿木居然发现小森在化妆，不由窃喜。

阿木双手抱胸，笑眯眯地问道："姐姐这是什么节奏呀？"

小森没好气地说："十几年没见的女同学回来啦，你总不能就让我这副尊容去见她吧！"

阿木笑嘻嘻地说："理解理解。女人嘛，都是爱面子的。姐姐好好打扮打扮，把她比下去！另外，我也正准备向您请示，明天有个非常非常重要的聚会，姐姐可否批准我小饮几杯？"

小森瞪了阿木一眼，没有说是，也没说不。

阿木连说："我懂，我懂。保证下不为例。"

那次后，小森又不化妆了，阿木也不敢轻言饮酒。

刚好，这天是岳父大人的生日，小森没打算化妆就要出门。

阿木拦住了她说："姐姐还是化化妆吧，不然看你那憔悴的小样，你娘家人没准会说我欺负你了！"

小森犹豫了一下，还是听了阿木的建议，精心地打扮了一番。

中午，岳母大人整了满满一桌子的菜。岳父大人还特地拿出了一瓶好酒。

阿木也不看酒，只盯着小森。

岳父大人仿佛看出什么端倪，对小森说："怎么，你不批准他喝酒吗？今天我生日，让他陪我喝两杯。"

小森的脸红了，连忙解释道："不是啊，他开车，不能喝酒！"

岳父用不容商量的口吻说道："你不也会开吗，你开，他喝！"

小森连忙点头笑着说行。

于是，阿木就带着胜利的微笑和岳父开怀对饮起来。

临回家时，阿木把车钥匙递给小森："对不起哦，姐姐，劳你大驾了。"

车行至无人处。躺在副驾驶上的阿木，扭过头对小森诞笑道："男人喝酒有时真是情非得已，不过我向您保证，今后尽量少喝。"顿了顿，他又说道："今后还是请你化妆吧，说实话，化妆品的确让你好看些，更有女人味！"

小森气得想抬脚踢他，猛然想起自己正在开车，只好什么都不说，默默地开着车。

樱花开　樱花落

这个春天太短暂。

桃花开了，菜花开了，兰草开了，杜鹃开了，仿佛就像一阵风，还没有来得及感受它们的气息，刚刚还热热闹闹的花事却再也难寻踪迹。

疾驰在熙攘的弦山中路，偶一抬头，却发现已经是樱花的档期，满路的樱花正上演着不朽的生命传奇。就那么惊鸿一瞥，心中暗暗下定决心，我要到弦山路上去看樱花，一棵树一棵树地看，一定。

孰料，清明的一场雨，两次约，早就忘了樱花，忘了一切。

再见樱花时，樱花就不待见我了。

樱花还在。就像一部精彩的电影，早已过了高潮部分，前面所有的铺垫都已用尽，已经到了可有可无的尾声。

我伫立在樱花树下，微风中，一瓣瓣细碎的叶片，轻轻地飘落，轻轻地，却把我的心抽打得很疼、很疼。

樱花的颜色本就淡淡然，现在就更加的淡了，聊胜于无，就像我此刻惨淡的脸色和心情。

我知道我错过的不光是樱花，我错过了整个春天。

整个春天，我都找不回自我。没有自己的空间，没有自己的时间，没有看一页书，没有写一篇文章，没有游山也没有玩水，没有安心地打一场球，更没有好好看看一树繁花是怎样演绎着自己的风情与浪漫……

樱花开，樱花落，一切好像都与我无关！

我不知道时间都去哪儿了。

望着樱花落下的满地花瓣，我有些迷茫。

伸手接住一瓣正悠悠飘下的花瓣，在与花瓣肌肤相触的那一刻，一种如水的冰凉立即在心中漫漶。

樱花开了，樱花落了。

生命中还有其他花呢？我还会像错过樱花一样错过吗？

我抬头看看樱花，樱花面无表情地看着我。

我朝樱花挥了挥手。

我知道该告别的还是要告别。

生命终会迎来更美的春天和花事。

呵护善心也是一种善行

中午接女儿放学后，顺便到九龙路菜市场买菜。

因为菜市场附近人很多，所以我们就把车停在稍远点的一个停车位，然后走到菜市场。

菜市场门前很嘈杂，本来规定在市场里面卖菜，可一些菜农为图方便，纷纷把菜摊挪到市场外的路边，以致那里经常交通拥堵。

我牵着女儿的手，来到菜市场门楼前，准备买些豆巾。

卖豆腐的摊位正在菜市场入口，所以生意一直很好。

我和女儿到那里时，只见卖豆腐的李师傅一边卖豆腐，一边和一位老太太说话。原来老太太是问路的，她说她迷路了，不知道到熊弄菜市场怎么走了。

老太太的话让大家都有些吃惊，因为熊弄菜市场和九龙路菜市场一北一南，远着呢。

李师傅耐心地告诉她说可以从正大街走，也可以从二环路走。可老太太四下望了望，说她已经分不清南北了。

李师傅说可以坐公交车，老太太摇了摇头，说她不知道怎么坐。

我看了一下老太太，有七十多岁吧，满头银发，虽然打着遮阳伞，可是额头上还是渗满了汗珠，一脸的焦急。

这时，我听到旁边卖菜的说，她看到老太太在菜市场转悠了好长时间，原来是迷路了。

就有人问老太太是怎么来到这里的，老太太说，是儿子送来的，去看望自己生病的老嫂子，可从嫂子家出来后就找不到方向了。

有人让她给儿子打电话，可她既无手机，也没记住儿子的号码。

李师傅就让她去打的。大家也觉得这是唯一的好办法，因为老太太说只要到了熊弄菜市场，她就能找到家。可老太太看上去很茫然。也许，打的对她来说是天方夜谭的事情。大家一时也无计可施。

这时，女儿忽然摇了摇我的手臂，把我扯到一边，一副欲言又止的样子。我有些疑惑，问她怎么啦？

女儿眨巴了几下眼睛，然后笑着说："爸爸，要不，您送老奶奶回家吧。"

我一时愣住。没想到女儿会有这个念头。刚想反对，可猛然想起，我们平时总是教育她要助人为乐要尊老敬贤之类的话，再看她那张无邪的笑脸，竟没有了拒绝的勇气，只好默默地点点头。

女儿就很高兴地把我拉到老太太的面前，对老太太说："奶奶，您别着急，我爸爸有车，他送您回家！"

老太太一时有些激动，连说："谢谢！谢谢！"李师傅及旁边卖菜的也都齐声夸赞我是好人，让我的脸有些火辣辣的感觉。

女儿就牵着老太太，我们一块来到停车的地方。

一路上，老人一直说着感谢的话，让我很是惭愧。我慢慢地开着车，心中在默默地想着，大凡遇着这样的事，人们唯恐避之不及而显得无能为力，而只有纯洁的孩子才能想出最佳的办法。那份简单而朴素的善心才是解决所有问题的答案呀。呵护那一念善心，才能求得美丽人生。呵护善心也是一种善行。

路上开满会走的花

春雨绵绵，下起来没完没了。

快放学的时候，那雨淅淅沥沥竟还越发下得大了。我撑起一把伞去学校接女儿。路上都是些匆忙的赶路人，看不到人的脸，只是看到一把一把的伞在眼前飘过。

学校门口更是一片伞的海洋。那里挤满了等学生的家长，大家都急切地等待自己的孩子出来。还有人撑着伞拼命地往校门口挤，以至于伞碰着伞，那伞面上的水珠甩到人的脸上，冰凉冰凉的。有一个个头不高的老人也往前挤着，他的伞顺势划到我的脸上，差点把我的眼镜弄掉；他很客气地向我说着抱歉的话，我笑了笑，向他摆了摆手。我能说什么呢？除了理解还是理解，只是对那把亲过我脸庞的伞狠狠地瞪了一眼。

学生出来了。学校门口一片喧闹、混乱。那些伞瞬时骚动起来，起伏着，涌动着，像汪洋中失去了控制的小船，毫无秩序地随波逐流着，让人一阵晕眩，心里也不免乱糟糟起来。不由得让人对那些伞心存一丝芥蒂来。

这时，学校里走出一队学前班的小朋友，他们正唱着儿歌：哗哗哗，下雨了，起来一群小娃娃；红的伞，绿的伞，路上开满会走的花……那稚嫩的声音猛然地就攫住了我的心。路上开满会走的花！这是多么形象而美妙的比喻啊。

我不由重新打量起那些伞来，那些伞五颜六色，大小不一，在春雨中的街上穿梭着，不正是一朵朵会走的花吗？再看那伞竟真觉就舒服多了，那斑斓的色彩让人的心突然变得亮堂起来，空气中仿佛真的有淡淡的花香氤氲着。特别是家长牵着小孩在雨中行走，一高一低的伞依偎着前行着，是那么的温馨而动人，让人感觉到一丝爱意在伞花间弥漫。我站在雨中的校门口，一下子就平静了，再没有了嘈杂的感觉，有的只是那些行走的伞花在眼前盛开着，那些伞自成一道律动的风景，是那么的亮丽美观。

真的应该感谢那些孩子，是他们让我重新发现伞的美丽。是啊，有时，只要我们静下心来，换个角度看问题，也许，我们的眼前永远都会是灿烂的花儿。

教师节的鲜花

早晨刚起床，女儿就嚷嚷开来："爸爸，今天是教师节，您给我的老师买花。"

吃罢早餐，我送女儿上学。我们来到学校门口，发现那里有好几处卖花的摊点，不由感叹商贩的精明。每个摊点都被家长和学生围得水泄不通，正在争相购买鲜花好送给老师。还没等我把车子停好，女儿早已自己挤进一家摊点前，挑选起花来。那些花都被包装好了，有 5 元一束的，有 10 元一束的，品种主要是玫瑰、康乃馨、菊花等。那些花儿都很新鲜，娇嫩欲滴。

女儿很快挑选了 3 束，就叫我付钱。我在付钱的时候发现卖花的姑娘一直朝我微笑。等我付了钱正准备离开时，卖花姑娘从花堆里拿起一束花递给我说："黄老师，这是送给您的，祝您节日快乐！"我一下子愣住了。

周围买花的人听姑娘那么说，都朝我投来钦佩的目光。我感觉到脸上有些发热，卖花的姑娘又自我介绍道："我是小枚，22 班的。"我连连说："知道了，谢谢，谢谢！"然后就离开了她卖花的摊点。

　　拿着那束鲜花，我突然觉得有些惭愧，因为我真的记不清她是谁了，也不知道她说的是小枚还是肖枚。同时我又是那么的感动，因为在我的人生经历中，我只当了半年的代课教师，并且已经过去了整整 20 个年头，现在居然还被学生记起。在这个特殊的日子，在这个略显拥挤的街头，手捧着鲜花，我感到无比的幸福，这应该是我此生得到的最珍贵的礼物了。

　　望着那些手拿着鲜花的孩子们，我知道他们都有一颗金子般的心灵；也可以想象，那些得到鲜花的老师们，他们肯定也会跟我一样的幸福和自豪。我知道，"老师"这个称号，一旦拥有，将会是一生的荣耀。

六平方米的乐趣

单位家属楼与科委办公楼毗邻，家属楼的煤棚斜对着科委办公楼后墙，中间有一截不高的围墙。因为斜对着，这中间就有一块空地，约莫有六平方米。这块空地一直闲着，大家偶尔在那里停停电瓶车和自行车，再无它用。

年初的时候，几个小学生发现了那里，就经常窝在那里玩耍，吵闹不休。这还不算，那些个顽童，居然顺着围墙，攀到煤棚平台，在上面肆无忌惮地喧哗。玩够了，他们想着回家了，有的再顺着围墙滑下，而胆大的则直接从两米高的煤棚一跃而下。有次，一个小孩跳下时崴了脚，半天爬不起来。这让我们很是担心会出问题，再见他们来玩时，就赶他们走。可是，他们总能逮住机会，一如既往地攀上煤棚，让我们防不胜防。

那天，住在一楼的老方，盯着那块六平方米的空地，思索良久，然后告诉我们说，他要在那里养花，把那里占用了，孩子们就没有了用武之地。我们觉得他说的在理，都表示支持。反正他也退休在家，也没有其他的爱好，想种花就种呗。

　　老方是个很果敢的人，他说干就干。当时正值春天，他从市场上买了好几盆映山红、兰草还有金银花摆在围墙根。当时映山红已然开放，红艳艳的很是漂亮。那个角落里突然出现那么几盆花，还真的让人眼前一亮。原来犄角旮旯之地也可以如此美丽。更为重要的是，那几个小学生原来也是爱美的，自从看到那些花后，他们再也没有造次地从那里爬围墙了，从此停住了玩闹的脚步。很显然，老方的法子奏效了，我们不由佩服他的聪明。

　　令我们没有想到的是，老方的脚步却没有停止，居然全身心地投入养花中。老方是个执着的人，一旦认定的事情，就会毫不犹豫地进行到底。他每天都起得很早，出去锻炼身体，待回来的时候，手里总是提着一棵花、一株草本植物、一个空花盆或者就是一袋土。吃罢早饭，就开始打理那六平方米的世界了。栽花、除草、松土、修剪、浇水、施肥，每天都忙得不亦乐乎。

　　老方种的花有很多品种，月季、菊花、仙人掌、滴水观音、夜来香、鸡冠花……有几十种之多，对那些花，老方总是如数家珍，哪些是他买的，哪些从别人那要的，哪些是他从野外剜回来的野花，他都记得一清二楚。前几天他就从河边带回来一大株野麻回来，开着黄花、结着麻子，一下子就把我们带回了故乡。他的花盆也很有意思，有买的专用花盆、有破盆、破坛罐，还有饮料瓶等，大小不一，形态各异。但是随意的搭配，却显得很有层次感，匠心独具。那些花都是老方的宝贝，为了更好地伺弄它们，老方专门买了养花的书籍；还经常向花农请教；并且还学会了上网，从网上查找相关的资料，认真研究，学以致用。他真快成了名副其实的花农了。

　　经过老方快一年时间的精心料理，那六平方米的弹丸之地，变得四季常青，繁花似锦、异彩纷呈，一下子就让我们单调的世界鲜艳了起来明亮了起来。现在大家没事的时候，就会情不自禁地来到那里赏花，往往都会对老方的付出赞不绝口，每次，他总是憨憨地笑着说：没什么，图个乐趣。

　　只要认真经营，六平方米的世界也会充满乐趣和光彩。我相信，六平方米的乐趣带给人的却是持久的芬芳、美丽和感动。

女儿同学的短信

同事的女儿慧慧 11 岁，上小学六年级，过几天就要进行毕业考试。这段时间她很忙，一边要复习功课，一边还要忙着和同学照毕业像、写留言。一向很内向的女儿这几天也变得话多了，和父母谈她同学的一些趣事，言语中流露出无比的留恋之情。

星期五中午，在吃饭时，女儿似有话对同事说，却几次欲言又止。同事看出来了，就问她有什么事，她才吞吞吐吐地说星期六是她同学萍萍的生日，萍萍在家开了个生日 Party，邀请她去参加。

同事一听就觉得好笑，小学生开什么生日 Party。所以同事和妻子都坚决反对女儿去参加，他们告诉女儿说快考试了，应该把心思放在学习上。女儿就嘟噜着嘴到她房间复习功课了。

夜晚，同事正在上网时，他的手机突然收到一条短消息，是个陌生号码，同事原以为又是骚扰信息。但是还是认真地看了一下，原来信息是女儿同学萍萍发来的。信息是这么写的：叔叔，您为什么不许慧慧参加我的生日聚会呢？学习也要有个度啊，偶尔玩一玩也是可以的。我们就要分别了，难道在一起走过最后一段小学光阴都不行吗？大多数家长只知道让孩子学习，可他们却忽略了孩子的感受。要是您的朋友邀请您去参加他的生日聚会，您难道不去参加吗？叔叔，将心比心呀！慧慧的同学萍萍。

这个萍萍，真是一个胆大的孩子，居然给同事发了这么条短消息。小姑娘小小年龄提出的问题却很尖锐，以至于这条信息让同事思索了很久。对于孩子的教育问题，作为家长向来只是盯着他们的学习成绩，总是一味地要求他们努力学习，而很少关心他们在学校的生活怎么样，忽视了他们的感受，漠视了他们心中真实的想法，譬如孩子们之间的那份纯洁的友谊……一句"将心比心"真的让同事有些无地自容。

第二天早晨，同事给了女儿 100 元钱，让她去参加萍萍的生日Party，给萍萍买个生日礼物。女儿高高兴兴地去了，整整玩了一天才回来，从她那满足的神情上可以想象那些孩子们在一起开心的样子。

星期六夜晚，萍萍又给同事发了一条短消息：谢谢叔叔的生日礼物，我们玩得很开心。叔叔，我们都长大了，快上初中了，请你们做家长的放手吧，我们知道怎么走自己的路。萍萍。

这个萍萍看来真是长大了。同事把信息给女儿看，女儿笑着说，爸爸，我也长大了，请您放心吧！

散步到永远

上大学时，英语泛读上有一篇文章 *Long walk to forever*（《散步到永远》），讲的是一个非常感人的故事。Newt 和 Catharine 青梅竹马，情意相投，但是他们谁也没有说出那个爱字。转眼他们就 20 岁了，Newt 在西点军校上学，而 Catharine 则待在家乡，并且准备结婚了，但新郎却不是 Newt。Newt 得知这一消息后，就从军校偷偷地溜了回来，经过两天搭便车的劳顿，终于在 Catharine 婚礼的前一周出现在她的面前。见到她，他只邀请她去进行一场散步——One foot in front of the other, through leaves, over bridges（一步一步，踏过落叶，越过小桥）。在这漫长的散步中，他向她吐露了心声说出了那个爱字，并且第一次吻了她。他们回忆了过去的美好时光，穿过了从前的树林，重温了曾经的钟声。故事的结局是，她投入了他的怀抱之中。

这只是一篇小说，有着戏剧性的结局。但我清楚地记得我们的老师在讲这一课时，却很投入，很富有感染力，很煽情。她说，虽然一次漫长的散步能成就一段佳话一段良缘，但是爱情却需要永远保鲜，需要散步到永远。所以她说她宁愿将文章的标题 *Long walk to forever* 翻译为《散步到永远》而不是传统的《漫长的散步》。

那时，我们还不懂什么是爱情，有的只是对未来爱情的美好憧憬。在我们上学的那个年代，最流行的歌曲就是苏芮的《牵手》。"今生牵了你的手，来生还要一起走。"我们在哼着这句歌词时，心中在默默地期盼与想象着那位与自己牵手一生，红尘相伴，散步到永远的知己红颜。

但是爱情却犹如一粒粒饱满的种子，种在心中，总是要发芽的，它会在不知不觉中降临到我们每个人的身上。于是人世间才会演绎出许许多多花前月下的风流韵事。初恋的我们都肯定会有着这样的经历，牵着他或她的手，亲亲昵昵卿卿我我的一块去散步，到原野上去踏青，到山林里去采花，到雪地中去赏景……甚至在大街上勾肩搭背地招摇过市，完全沉浸在那爱情的甜蜜之中。

我们的爱情就从散步开始。在散步中我们走进婚姻神圣的殿堂，然后一路同行，经历世间的风雨，蹚过沧桑的岁月，直至走向真爱的至极，"执子之手，与子偕老"。

老师说得好，爱情需要保鲜。而散步真的是爱情保鲜的水分与养料，它能春风化雨，能重温旧梦，能永葆激情，能滋润人生。

朋友，就让我们在人世的爱情路上，牵着爱人的手，一起散步吧——一步一步，踏过落叶，越过小桥，一直向前，直到永远，永远……

第三辑　真爱不会消失

真爱不会消失

人们经常会讨论这样一个问题，那就是人死后到底有没有灵魂。黄真真导演在他的新片《消失的爱人》中给出的答案是：人死后有灵魂，并且如果真爱，人们能够看得到死者的灵魂。

这部由黎明和王珞丹主演的电影，奇幻、悬疑，演绎着凄美动人的"人鬼情未了"的故事。故事的开端是凯峰（黎明饰）因无法走出痛失爱人的阴影而不能自拔，鬼使神差地就相信了电视上招魂的节目，并且照做了。结果让他惊喜万分的是，她的妻子秋捷（王珞丹饰）真的出现在他的面前。灵媒还告诉他只有爱她的人才能够看见她，不爱她的人却看不见。凯峰见到秋捷，他确信自己一直深深地爱着他的妻子。

于是，他们一家三口又可以共享天伦，品味着家庭的幸福、生活的甜蜜、人生的美满。凯峰和秋捷更是你情我侬，爱意缠绵，难舍难分。凯峰幻想着，他们一家三口就这样在那个充满爱意的小屋里共享亲情，直到永远。

然而爱终归不是两个人的事，而人也终归是社会上的人。先是凯峰的表弟 Jimmy 发现了秋捷，而后秋捷去参加 Jimmy 老婆燕子的生日派对，却发现她们居然都看不到她。秋捷最后从 Jimmy 的口中得知了真相，原来她自己只是一具徒有其表的灵魂。

其后秋捷的表现却堪称完美，不是小女子的儿女情长、痛哭流涕，而是教儿子沐沐做饭，要他好好照顾爸爸；又给凯峰留有五封书信，殷殷爱意，切切叮咛，动人心魄，催人泪下。

剧情这时却发生了反转，事情的真相是当日凯峰和秋捷登喜马拉雅山时发生了雪崩，凯峰拼死救下了秋捷，自己却葬身悬崖。原来出现在人们面前的凯峰其实也只是他的灵魂。

凯峰觉得是时候去看看他的父亲了，以完成他情感的救赎。他年轻时不听父亲的话去继承父亲的生意，执意钟情自己的音乐事业，想成就自己的梦想，以至于父子反目，多年不曾见面。

剧中，当凯峰站在客厅里，父亲从门外进来，一步一步从他身边经过，竟然对他视若未见。我相信，那时，凯峰的心肯定冰冷到了极点。如果父亲看不到他，那说明父亲的心目中早已没有他了。但，父亲却径直走到鞋架旁，拿起一双拖鞋，扔到他的面前，让他换鞋。那一刻，我相信，所有看电影的人都会泪奔。无论隔着千山万水，父子之情却永远天高地厚。

影片中诠释着无可比拟的人间真情，夫妻情、父子情、母子情、朋友情、邻里情，情到深处情更浓，爱到极致爱最真。

也许爱人可以消失，但是真爱却永远不会消失，真爱像阳光永照心间，像音乐充盈脑际，像花香萦绕周遭。真爱一直就在身边，从未走远。

因为爱永不停息。Love never fails！

为你种一片麦

　　小石和小凡是一对年轻的夫妇，他们都是县城的小职员。他们夫妻恩爱，相敬如宾，一双儿女，活泼可爱，家庭美满，生活幸福，很是让别人羡慕。可是他们平静幸福的生活却被一次体检打破。

　　年初的时候，小凡的单位组织职工进行了一次例行体检。体检的结果让所有人都颇为意外，年轻的小凡被查出罹患肠癌。这对小石和小凡来说，不啻晴天霹雳。小凡一时接受不了命运对她的不公，痛不欲生，情绪低落。小石百般安慰她说，只要精心治疗，一切都可以改变，只要有良好的心态，相信她可以创造奇迹的。在小石无微不至的照顾下，小凡也渐渐接受了摆在面前的事实，积极配合医生的治疗。通过几次化疗以后，小凡的病情渐趋稳定。而小石在给小凡在医院治疗的同时，也积极收集有关民间偏方，他暗下决心，只要有百分之一的希望，他就将尽百分之百的努力。

　　小石听别人说，喝小麦汁对小凡的病有好处，因为小麦汁具有遏制肿瘤、消炎退热、疏利肠胃的功效。他就把这个消息告诉小凡。

小凡笑着说："你哪有那么多小麦苗啊？"

小石望着妻子，坚定地说："到时我种一片给你！"

很快就到了播种冬小麦的季节，小石真的回到了农村老家，找到当队长的二叔，说是想找一块地种小麦。二叔把他瞅了半天，问他种小麦干啥，他把实情告诉了二叔。二叔说，现在农村唯一不缺的就是土地，因为大家都外出务工，土地成片成片撂荒了，你想种哪块就种哪块。在二叔的帮助下，他找了一亩比较肥沃的地，犁地耖地，然后种了小麦种子，并且没有施任何肥料，他要保持绿色天然。

几场秋雨下过，小麦的种子发芽了，渐渐地钻出大地，为贫乏的大地增添一抹动人的绿意，慢慢地麦苗长高了，那一亩地的小麦尽情地展现出一片勃勃的生机。

小石每天清晨都起得很早，趁着霜露，赶回老家，弄回新鲜的麦苗，然后榨成小麦汁，让小凡喝。

小凡每次都认真地喝下，因为她明白，那些绿色的汁液会流进自己的身体，在自己的血液里汩汩流淌，她知道那里面饱蘸着丈夫的心血和浓浓爱意。

母爱的姿势

曾经在书上看过一个故事，说有人在烹制一条带鱼的时候，带鱼在锅里却一直弓着身子，那人不解，将带鱼剖开，却发现带鱼肚子里有孩子。杜撰这个故事的人想以此来说明带鱼伟大的母爱。这个故事虽然有些残忍，但是却还是能带给人以心灵的震撼。带鱼那弓起的姿势，不时闪现在心头，伟大而无私的母爱就在那弓起的身子上得到很好的阐释，常常让人动容，让人潸然泪下。

在四川汶川大地震中，一个年轻的母亲，以她同样弓着的身子，演绎着人世间最伟大的母爱。当救援队员发现她时，她已经停止了呼吸。她是被塌下来的房子压死的，她死亡的姿势有些诡异，双膝跪地，整个上身向前匍匐着，双手着地支撑着身体，身体努力地向上弓着。人们发现她已经死去，就准备离去，走到一个建筑物时，救援队长凭着职业的敏感，又折回头，他在那年轻母亲身子的下面摸索，果然，他找到了一个孩子。那是一个三四个月大的婴儿，包在一个小被子里，毫发未伤，由于有母亲的庇护，他居然甜甜地睡着了。可以想象那位年轻的母亲在那千钧一发的紧急关头，是用了多大的力量才挡住那砸下的房子，以她并不优美的姿势，死死地为孩子撑出一小片生的领地。相信她的那个造型早已被定格和升华。她那被压得有些变形的身躯，已成为一具不朽的雕塑，屹立在每个中国人的心中，高大、永恒，流淌着人性的光辉，散发着母爱的圣洁。

人们在孩子的被子中发现了一部手机，手机上有一条没发出的信息：亲爱的宝贝，如果你能活着，一定要记住我爱你！每个看短信的人都哭了，包括你，也包括我。这只是一句普通的话，却那么的打动人心，让人肝肠寸断。因为，她在用自己的生命诉说着爱的真谛。母爱，一个伟大的词，被她在生死关头，在来不及多想的情况下，以她那惊天地泣鬼神的举动，以她那向前匍匐着的姿态，向世人作了最生动最有力的诠释。

鱼尾的味道

打记事时起，他就知道母亲喜欢吃鱼尾。

每次家里吃鱼时，母亲首先把鱼尾夹到自己的碗里，并说吃鱼尾是她的专利，任何人不许动。而他喜欢吃鱼头，所以每次母亲总把鱼头夹给他，这在他们之间已经成了一种习惯。

他曾经问过母亲为啥喜欢吃鱼尾，母亲笑着告诉他，鱼尾因为经常在水里摆动，所以那里的肉细腻好吃。每次母亲都是一点点津津有味地吃着，边吃还边说味道不错，很幸福很满足的样子。

他交了女朋友，那次他和女友在外吃饭。他点了一道鱼，上菜了，他想起母亲的话，就把鱼尾夹给女友。哪知，女友白了他一眼，嗔怪道："鱼尾尽是刺，你想卡死我呀！"

女友的话让他一惊，他默默地把鱼尾夹到碗里，慢慢地品尝起来，果然像女友说得那样：鱼尾尽是刺。他蓦然想到母亲每次吃鱼时那般小心翼翼的神情，原来母亲并不是在品味，而是怕刺啊！

那天回家，他买了一条鱼，让母亲做着吃。吃饭时，他把鱼尾夹到自己碗里，而把鱼头夹给母亲，并说他想吃鱼尾。母亲愣了一下，什么也没说，端起碗就吃。他分明看到母亲眼角有些湿润。

后来他听父亲说，在他小的时候，一次他抢着鱼尾就吃，差点被卡死。从那以后，母亲就再也不敢让他吃鱼尾，总把鱼尾留给自己，并谎称鱼尾是她的最爱。

你是我的 VIP

　　阿水一直埋怨老公不懂生活情趣，每天只会待在家里，要么干些家务，要么辅导孩子的作业，再就是没完没了地上网，典型的一个宅男。从不喜欢陪她出去散步、逛街，更不用说去购物了。没办法，阿水每次出去买东西就只好自己一个人，每当看到别人夫妻恩恩爱爱地出入商场、超市，阿水就有些莫名的感伤。

　　街上商店里到处是琳琅满目的商品，还有那些广告做得铺天盖地的消费场所，总是在诱惑着人们的神经，当然阿水也不例外。于是她经常去买衣服、买鞋、做美容、K 歌……

　　现在是消费时代，买卖人很会做生意，不论是哪个消费场所，只要你去过一两次，就会得到一张 VIP 卡，再持卡去消费，就可以打折了。阿水的手头上有不少张那样的卡。

　　慢慢地，阿水竟然对那些卡情有独钟，不时拿出来把玩。那些印制精美的卡让人产生美好的联想，让人得到极大的心理满足。

　　"VIP、贵宾，贵宾、VIP。"有时，阿水就情不自禁地自己念叨着。

有一次，老公见她在不停地摆弄那些卡，就问她那些卡真的有那么大的魅力吗？她望了老公一眼，漫不经心地说：VIP，贵宾卡，你懂吗？甭看你不把我当贵宾，别人可把我当贵宾对待哟！老公笑而不语。

随着时间的推移，阿水越来越热衷于那些 VIP 卡了。她甚至抱着猎奇的心理，去那些才开张的商店去买东西，然后获取那里的 VIP 卡。每得一张，她就会喜滋滋地向老公展示。

那一夜，阿水又在欣赏她的那些宝贝卡，老公来到她的身边，不动声色地递给她一张纸片。她接过来一看，纸片上居然是老公用笔写的 VIP 三个字母。

她问老公这是干嘛。老公在她身旁坐下，问她知道 VIP 是什么意思吗？她撇了撇嘴答道：VIP，当然是贵宾的意思。老公说：不对，是 very important person，"非常重要的人"的意思。你真的是那些消费场所非常重要的人吗？才不！非常重要的只是你口袋里的钞票而已。顿了顿，老公又说：你只是我非常重要的人，是我永远的 VIP！

听了老公的话，阿水一下子呆在了那里，默默地抚摸着那张纸片，不由泪水涟涟，心里在轻轻地咀嚼着老公的话，她知道老公说的是真的，她永远是属于老公的 VIP。

九十九度的爱情

　　他和她是在一个 Party 上认识的，因为一杯水的缘故，她对他有了好感。当时他们那帮年轻人正在谈论着有关爱情的话题。他们大多数人都还没有恋爱，大家都在憧憬着爱情的甜美与圆满。他显得有些低调，一直坐在那里喝茶，面带微笑地聆听众人的谈话。于是有人就提议让他也畅想畅想自己的爱情，其余人都随声附和。刚好，他倒了一杯热水，面对众人的目光，他顿了顿，然后轻轻地举了举手中的杯子，语出惊人，他说爱情就像杯中的水，最多只有九十九度。大家一片哗然，唯有她在静静地品味，那句话莫名地就俘获了她的芳心。

　　后来她成了他的妻子，他们生活得很是幸福。

　　爱情是人类永恒的主题，爱到几分最浓？情到几分最重？一直备受人们热议。有人说爱情的最高境界就是圆满，可是圆满又能用什么来界定呢？而可以来界定的东西往往没有最美的标准，因为人心总是存在偏差。

　　我宁愿相信他说的话，爱情只有九十九度。九十九度的热水还是热水，到了一百度，热水则会变成水蒸气，飘散飘远。九十九度已是极致，想要多一度热爱，也许会过犹不及。

其实，爱情重要的不是温度，重要的是幸福与真实。就像那杯水被你啜饮，它会流过你的血液，暖遍你的全身，那种真实无可替代。

纵然是物换星移，九十九度还是液态的水，那么爱情定然会演绎出不朽的万年传奇。

拥有九十九度的爱情，足矣！

楼顶上的红丝布

他十多岁时父亲就去世了，是母亲含辛茹苦把他抚养成人，不论再苦再累也供他上学。他也很是争气，考上了名牌大学，毕业后在大城市找到工作，并买了房子安了家。从买房子的那一天起，他就在心里盘算着把母亲从农村老家接来一起住。可母亲来过一次，没住到一礼拜，就非要回去不可。她说城里人来车往，吵吵闹闹，空气混浊，灰尘满街，哪里比得上农村的清净和新鲜。更为重要的是，母亲的记性差，城里那左拐右扭的道路很容易让她迷失方向。她说她看到那儿的高楼和车流，就会觉得心里堵得慌，心里一慌就找不到路了。

他儿子出生后，母亲不得不来城里照料孙子，不得不在她不喜欢的城里住下。每天带孩子，忙中亦有情趣，累并快乐着。但是每天窝在楼上的家里，着实让人透不过气来。母亲就想出去走走，再说，小孩子多晒晒太阳，有益身体健康发育。

那一天，母亲就抱着孙子，到楼下转悠，走着走着就不知不觉中出了小区。走了一会，想到该回家了，可是却怎么也找不到了小区的大

114

门……儿子和儿媳费了好大的工夫才找到她。其实母亲走得并不远，就在马路对面的一个小区附近。

由于母亲不识字，也不会使用手机。他就给母亲写了一张卡片，让她随身携带。卡片上写着他家小区的名字和自己的手机号码。他告诉母亲如果迷路，语言又讲不清楚的时候，就把这张纸片给别人看，好心人就会帮她指路的。有一回，母亲又迷路了，警察就是根据纸片上的号码给他打手机，他把母亲接了回来。

他为此很是犯愁，很是担心母亲。那天他经过一个建筑工地时，看到工地上飘扬的红旗，他突然灵机一动，有了主意。

他从街上买了一块很宽的红丝布，回家后，找来一根长长的旗杆就竖在了自己居住的楼顶上。他带着母亲到四周转了一圈，发现在很远的地方都可以看到那块红丝布。红丝布迎风飘展，很是鲜艳醒目。他告诉母亲，今后顺着红丝布的方向就可以找到家。

从此母亲出门，时不时地抬头，只要看到红丝布，她就觉得踏实安稳，再也不必担心找不到回家的路。

珍藏爱情

日前，荷兰收藏家范德彭宣布将他 40 年收藏的世界各地老烈酒全部贱卖。那些藏酒共 5000 多瓶，其中包括干邑白兰地、威士忌、波特酒等。而他出售的价格仅仅 500 万欧元，约合人民币 5000 万元。据估算，那批藏酒绝对不止那个价格，比如，其中一瓶拿破仑干邑，是世界上唯一的一瓶，估价为 138 万欧元。

那是什么原因促使他将辛辛苦苦收藏近半辈子的美酒全部贱卖呢？原来他答应过他的妻子，等妻子 65 岁的时候，他就将卖掉所有的藏酒，然后盖一座房子，送给妻子作为生日礼物。

都说一诺千金，而范德彭用他的实际行动履行了自己对妻子爱的承诺。这个 63 岁重情重义的荷兰人，让人肃然起敬！

爱情有时候真的不需要海枯石烂、地老天荒的表白，有时一束玫瑰、一串项链、一套衣服甚或是范德彭的房子，它们都能让人切身地感受到爱的存在。

美酒佳酿固然甘醇甜美，而爱情却远比美酒更历久弥香，芬芳心田，值得永久珍藏。

钟声敲响六下

一个当记者的朋友邀请我跟他一起到小顺村采访，并告诉我说，被采访对象的故事很感人。果然，小顺村之行，让我的心灵被深深地震撼了。下面就是我们采访的主人公的事迹。

良是一个苦命人，在他刚出生不久，父亲就得暴病撒手而去。当他过了周岁，开始蹒跚学步了，却总站不稳，慢慢会走了，也是跟跟跄跄、深一脚浅一脚的。医生的结论是，先天性的跛。

因为他的跛，娘为了他也放弃了改嫁，而是和他相依为命过着清苦的日子。良是一个懂事的人。随着年龄增长，他渐渐接受了跛的事实。他没有抱怨，而是勇敢地面对。并且小小年纪就知道孝顺娘。在良 7 岁的时候，他就学会了洗衣做饭。当娘在外干农活时，他就在家生火做饭，等娘放工回家后就可以吃上一口热乎乎的饭菜了。在热天的时候，娘在田地里干活，他准会烧一壶茶水，然后送去给娘喝，他一瘸一拐地行走在那乡间坎坷不平的小路上，常常令人动容。为了尽可能地减轻娘的压力，他平日里总是多拾粪，多拾柴。10 岁，他就开始学干农活。他很聪明，干啥像啥。根本看不出他是一个腿脚不方便的孩子。18 岁一过，良便彻底成了一家之主，所有的农活他全包了，而让娘歇着。

因为他的残疾，他一直没找到对象，这让娘很挂心。他就安慰娘说，他不娶媳妇，免得忘了娘。他 30 岁那年，娘突然中风，从此瘫痪在床。从那时起他就开始伺候娘的衣食住行吃喝拉撒。这一干就是 20 年！良对娘呵护备至，给娘喂饭、洗澡、梳头、剪趾甲、倒夜壶，背娘到山岗上去看庄稼。有一次，老太太突然说想去赶集。良二话没说，就把架子车上铺上稻草和被褥，然后把娘抱上架子车，用架子车把娘推到了 5 里路以外的集镇上。

良在照顾娘的同时，还要照顾四季的庄稼。每次临出去干活前，他总是把家里安排得妥妥当当，这才放心。可是，娘年纪大了，没准还需要什么，有时想喊他却喊不着。这让他很费脑筋。有一回，娘突然想喝水，喊不着他，就自己试着去拿床头边的暖瓶，结果把暖瓶弄翻了，开水把她的手烫得起了燎泡，这让良伤心自责了很久。那天，他上街买东西，突然听到了街上学校下课的钟声，他一下子就有了主意。他回村后找到了从前大集体时代用来集合村民们上工的破钟，试着敲了一下，还响，他就笑了。他把那口破钟悬挂在家门前最高的那棵白杨树上，然后把绳子一直扯到娘的床头，告诉娘，如果他不在家想找他，就扯绳子，敲六下，他就知道了。从此，只要听到六声钟响，不论他在干什么，都会立即一跛一跛地朝家里跑，因为他知道娘在叫他。

我们问他，为什么敲六下？良憨憨地笑了说：敲少了，怕自己听不到；敲多了，怕娘没力气，六下正好！

开在纸上的爱情花

他和她相逢纯属偶然，那时他们都刚参加工作。

一个周六，闲着没事，他去找他的同学。碰巧她和她的同学也在。她和他的同学是同事。他见到她的第一眼，就被迷住了。那是一个大雪纷飞的日子，她穿着一件火红的风衣，就像一团跳跃的火，让他全身心都感到温暖。而她秀气的脸庞更是洋溢着一种青春的气息。

他们四个人打牌，那时流行打"五十K"，两副牌一起打，谁剩的牌多，就算输，输了就在纸上画王八，并在王八上写上输者的名字。她的运气没有她人漂亮，一打就输。这可使执笔的他犹豫了，他实在不愿把那么漂亮的人儿跟那玩意儿联系到一块。在同学的催促下，他灵机一动，在纸了飞快地画了一朵花。他的同学和她的女伴都说不算，他望了她一眼，发现她那如水的眸子里漾满了柔情……

以后的日子，他们经常见面，在一起打牌、唱歌、游玩。只是在他的心里，总是有异样的情愫在暗自涌动，见到她总有些不自在的感觉。每天夜里，他在自己那租住的小屋里在纸上写她的名字，在名字上画上一朵花。一张纸一张纸不知疲倦地写着画着……他知道自己已经深深地爱上了她。

那一天，他写了封情意绵绵的情书，然后跑去找他的同学。明白了他的意图后，他的同学笑了，然后告诉他，让他趁早放弃他的想法，并说她的眼光高着呢，起码得有钱有房有车！他一下子愣在了那里，这些对于刚参加工作的他这个农村孩子来说无疑像是天上的月亮一般缥缈。他蔫蔫地离开了。

从那以后，他再也没去同学那里。他怕见到她，但是越是不见，越是相思。他对她的那份暗恋的情在他年轻的心里日益膨胀。每天夜里，他还是在纸上写她的名字，然后画上一朵花……他觉得她就是一朵开在高处的花，只可远望，不可企及。

那时，他经常收听市电台的"情感走廊"这个栏目，那里面讲述的都是一个个或纯洁或凄美的爱情故事。他听得多了，就决定把自己的心情也写成故事投去试试。于是他就写了一篇文章《开在纸上的爱情花》，他在文章中写道：别人的爱情花开在花园里，芬芳四溢；而他的爱情花只能开在纸上，一个人欣赏。

没想到那篇文章居然也被电台播放了，那是他的处女作，因此他显得非常高兴，尽管心里有些淡淡的失落。

那天夜晚，他又在小屋里涂鸦，突然听到有人敲门。他打开门，门外站着的居然是她！他一时窘在那里，好一会才喃喃地问道："你怎么来了！"

她说："我来看看你的爱情花！"

他领她进了屋，然后把那一叠叠画着花儿写着她名字的纸递给她看。

她看着看着就哭了，然后抬起头，认真地告诉他，她要让他的爱情花在纸上也能芬芳！

母亲的硬分币

20世纪80年代末，父亲在一所乡镇中心小学任教，母亲就在那所学校的门口摆个小摊卖些学习用品和零食。

摆地摊是很辛苦的，每天天不亮就得把那些零零散散的文具、本子、零食等都一一摆好，下午放学后，又得将剩下的一一收回。

小学生们大都买些小东西，都没什么钱，都是小票子，还有不少壹分、贰分、伍分的硬分币。母亲就把那些硬分币留存起来。当时大家问母亲把那些硬分币留着干什么。母亲笑着说，等她有了孙子孙女，就用那些硬分币给孙子孙女买馍或者买糖吃。大家都笑她想得太周到太长远了。

可是还没等到她有孙子孙女，那些壹分、贰分、伍分的硬分币就悄然地退出了流通市场，退出了历史舞台。那时还是可以到银行兑换纸币的，可是母亲很固执，坚决不去，而是把那些硬分币都分袋装好搁置在箱子底。那些硬分币足足有十斤重，没有数过，也不知道有多少枚。我问她还留着那些硬分币有什么用，母亲笑着说了一句很时髦的话：收藏！

后来，母亲真的有了孙子孙女，我有时就突然想起了母亲箱子里的硬分币，就开玩笑地说让母亲拿出来给孩子们买糖吃，大家都笑作一团，母亲也笑得乐呵呵的。

没想到，这几年硬分币在收藏市场上还真吃香了。据说有些年份的硬分币由于市场流通少，物以稀为贵，现在是身价倍涨，已经跟原来的币值不可同日而语了。

前几天，母亲出去散步回来，手中拿着一张纸。原来她散步经过一家钱币收藏店，就从那里买回了一张硬分币的年份和价格的对照表。回来后，母亲就把那些硬分币从箱子里取出来，让它们透透气。我对此也很感兴趣，就帮助母亲费了很长时间才把那些壹分、贰分、伍分的硬分币按年份一一分开，然后和价格表逐一对照。

你别说，通过仔细的排查，还真的找到了不少枚值钱的硬分币。可是母亲好像并没有表现出太大的惊喜，而是单独地把那些硬分币包好。我问她是否准备拿出交易。

母亲冲我笑了笑说：想得美，我要永远留着。

是的，不管合不合法，我也不赞同让她把那些硬分币拿去交易的，我也要永远的留着它们。因为那些硬分币可是母亲一点点攒来的，留着它们就会让我永远记住母亲曾经的辛劳曾经的奔波……

那些硬分币是母亲留给我们的永远的财富。

陪你一起长大

"流光容易把人抛，红了樱桃，绿了芭蕉。"仿佛一个转身，春天就卸掉彩妆，夏天在不觉中已盛装亮相。好像刚刚过罢劳动节，转眼儿童节又粉墨登场。

看得出女儿这几天一直很兴奋，为"六一"儿童节的到来而笑逐颜开。好像过一个儿童节，她就拥有了整个世界一样。今天中午吃饭的时候，她停下筷子，挺认真地对我说："爸爸，你要多带我玩呀，不然……"她突然停住，故意卖了个关子。

"不然怎么啦？"我问她。

她朝我做了个鬼脸，拉着长长的腔调说："不然我就长大了！"一句话，逗得我们都哈哈大笑。

我摸着她的头说："好，爸爸带你玩，陪你一起长大！"她又做了个鬼脸，然后欢快地吃饭。

女儿快9岁了，一晃之间，已然长得亭亭玉立，像一株小树苗那般高了。也许，再一晃，她便真的长大了。蓦然想起前几天，在天津上大学的儿子，安静地度过了 18 岁生日，迎来了自己的成人礼，将在自己的广阔天地里自由翱翔。儿子已经不需要再紧紧地攥着他的手了，我们更多的只是一份无言的牵挂。

现在女儿羽翼未丰，还需要精心呵护，需要我们多陪陪她，带她做喜欢的事情，给她一个多姿多彩的童年。

你喜欢画画，那好，爸爸陪着你，给你背画板，给你递彩笔，给你当模特，让你尽情放飞自己的梦想。

你喜欢青蛙，那么，爸爸定会带你去青草池塘，看"池塘水满蛙成市"，去"听取蛙声一片"，一直看到青蛙冬眠。

你喜欢看水，特别是看桥下的流水，这样，我会和你一起去感受"小桥流水人家"的安逸，去体验"天堑变通途"的气势。

你还喜欢在游乐场玩，好吧，我们还去欢乐谷或方特，坐飞机、上海盗船、一起激流勇进……

宝贝，只要你喜欢，我一定创造条件满足你的要求，再也不以你作业多、我没时间为借口搪塞了。我会让你的童年充盈乐趣，满载幸福，愉快成长，相信我会陪着你一起长大。

你的到来多奇妙的美好
想要给你一个温暖的家
和你咿咿呀呀地对话
想要听你第一声叫爸爸
陪你一点点长大
想要给你一个快乐的家
和你嘻嘻哈哈地玩耍
想要为你最甜蜜的牵挂
陪你一天天地长大

陪练

我是一个典型的"宅男",没事喜欢待在家里,很少出去活动。除非春秋之际,偶尔外出垂钓,其余大部分时间除了上班,就是居家。每天夜晚都坐在电脑旁,写写文章,上上论坛,看看新闻,或者斗斗地主。长时间上网,使我落下不少毛病:颈椎病、大脑供血不足,还经常失眠。

妻子一直埋怨我总是上网,说我应该经常出去锻炼,可是我总对她的话置之不理。妻子也莫之奈何,对我也是一副恨铁不成钢的样子。

上个月,妻子单位组织全体职工进行了一次体检。我问她结果如何。她说并无大恙,只有轻微的肾结石,医生建议她多运动,譬如打打乒乓球、多走走路,肾结石就会自动排出。然后,妻子看了我一眼说:"那今后就得麻烦你当我的陪练啦!"我只好有些不情愿地点点头。

每个双休日早晨,还在睡梦中,妻子就把我喊醒,让我陪她到体育中心打球。我只好睡眼惺忪地跟着她。体育中心其实离我家很近,只有不足 500 米的距离,那里有不少露天的乒乓球案,更有许多健身器材。其实上学的时候我的乒乓球打得非常不错,曾经在系里的比赛中还取得了名次。可是自从参加工作后，我就很少再打了。刚开始，手握球拍，居然感觉到很是别扭，半天不适应，看来真是"三天不练手艺生"。可是，毕竟我的基础还在，打了几次后，逐渐找到从前的感觉，打起来也就得心应手，顺水顺风了。双休日早晨我们打球，偶尔也在各种健身器材上体验体验。你别说，早晨起来锻炼，真的感觉浑身舒畅，便会觉得一整天就有精神。

每天夜晚，我陪妻子一块出去散步。先快走，再慢行，每次走一个小时左右。走路的时候，还不时甩甩胳膊，踢踢腿。慢慢就觉得，颈椎病不那么严重了。现在正值溽热的夏天，每天夜晚，一个小时下来，准会汗透衣衫，回家后，冲洗一番，夜晚便会睡得很香，居然不再失眠了。

如此一个月下来，我从不情愿陪妻子锻炼，到一吃罢夜饭主动喊妻子出去走路。并开玩笑地对她说给她当陪练，居然让我感到神清气爽。不知道她的肾结石治好没有，反正我觉得，我的身体倒像是比以前健康了。妻子只是颔首而笑。

昨天在整理书桌时，无意中看到了妻子体检的诊断结果，我拿起来翻了翻，结果发现她的各项指标都是健康的，并没有她说的什么肾结石。夜晚散步时，我就问她为什么骗我？她笑了："不那么说，你会陪我出来锻炼吗？你以为是你在给我当陪练吗？其实是我在给你当陪练！"

我的心一热，突然就明白了她的良苦用心。

最美丽的三个字

　　"你是否愿意这个男子（女子）成为你的丈夫（妻子）与他（她）缔结婚约？无论是疾病还是健康，或任何其他理由，都爱他（她），照顾他（她），尊重他（她），接纳他（她），永远对他忠贞不渝直至生命尽头？"

　　新娘答："我愿意。"

　　新郎答："我愿意。"

　　无论是在电视镜头里，还是在现实生活的婚礼现场，看过太多这样的场景。每当神父或者主持人，问过上面的那段固有的台词后，新娘和新郎都会毫不犹豫地回答出："我愿意！"

　　每当那时，我都静静地坐着，心中总是莫名地萦绕着一种幸福的感动。"我愿意！""我愿意！"耳畔在轻轻地飘荡着这三个字的回音，如春风扣窗、泉水淙淙、流莺婉转，是那么的动听、悦耳、经久不息。我总觉得那是足以触动心灵的天籁之音。

　　那一刻，新郎和新娘，他们已然走进神圣的婚姻殿堂，所有爱的表白都凝聚在了那朴实而生动的三个字中。"我愿意。"那是发自内心最真实最真诚的爱的表达，没有修饰没有矫情，那是爱情之树自然开出的最绚丽的花朵，是人世间最美丽的三个字。

爱情是一个过程，是相伴红尘、风雨相携的一路人生。人生路漫漫，走进爱情，就是走进有爱的人生。一路有你，就有了一世的牵挂，有了永远的眷念。一句"我愿意"，就把自己融入对方的世界，同结连理，心心相印。

圣经上说：爱是恒久忍耐，又有慈恩，凡事相信，凡事包容。"我愿意"，只是简简单单的三个字，却能包含爱的所有。爱情只是一份春和景明、风雨雷电、秋月冬雪的真实。面对真实，我们都得有一颗包容的心，容纳一切。面对一切，我们都得勇敢地说出："我愿意！"

"我愿意"，它是朴素的誓言，又是铿锵的承诺。爱情不朽，生命永恒。在人世的路上，我们彼此相爱，踏上爱情，我们就踏上生命的传奇。"执子之手，与子偕老"，我们的爱情终将烂漫芬芳。

因为，我们愿意。

长大给您买辆车

老石儿子上幼儿园的时候，有一次放学，老石骑摩托车去接儿子，本是晴朗的天，突然下起了暴雨，让他们避之不及，被淋个正着。老石只好带着儿子在屋檐下躲雨。望着街上滚滚的车流，老石叹了口气自言自语地说："要是有辆车，就淋不着了。"

儿子听他那么说，顿了一下，然后仰起小脸对老石说："真的吗？爸爸，等我长大了给您买辆车！"

一句话说得老石心里暖暖的，一把搂过儿子，对他说："说话可要算数哟。"

"当然算数，来，拉勾！"儿子说着便伸出小手指，老石笑了，也伸出手指，跟儿子拉在一起。

那一年，儿子4岁。

从那一年起，直到儿子18岁高中毕业，老石一直骑着他那辆破摩托车接送儿子上学、放学，风雨无阻，从没耽误过。特别是儿子上高中了，他还是照样接送不误，熟人都说他，那么大的孩子，干吗还要接送？每逢那时，老石就憨憨地笑着说："我等着儿子给我买轿车呢！"

老石的儿子非常聪明、好学。高中毕业后，以优异的成绩考上了一所重点大学。老石骑着摩托车送儿子到车站，临别时，儿子突然对他说："爸爸，闲着时，去考驾照。"

老石故意问："考驾照干什么呀？"

儿子狡黠地笑了："等着我给您买车！"

老石没说什么，转身走了，眼睛有些润润的感觉。

儿子参加工作没两年，真的开回了一辆崭新的轿车。回来后就把钥匙给老石，老石没接。停一会，他拍了拍儿子的肩膀说："傻小子，你就是我的车呀！我这辆老车拉了你十几年，今后得你拉我了！"儿子怔了一下，似乎明白了，坚定地说："我会的！"

是呀，在亲情的路上，我们都是车，相互拉载，彼此温暖，幸福绵绵。

23 点以后的牵挂

　　周末，同学相聚，久别的欣喜让大家都忘乎所以，巴不得把憋在肚子里所有思念的话语都倾倒出来。先喝酒，再喝茶，几个大男人在茶楼里天南海北地神侃就忘了时间，直到半夜还意犹未尽。就这么到了 23 点以后，大家的手机纷纷响起。一接电话，都是老婆打来的，几乎都问的是同一个问题：什么时候回家？我们都笑了，知道我们的聚会该结束了，因为电话那端满是老婆的牵挂。

　　问你一个问题，出门在外，在 23 点以后，你一般会接到谁的电话？我想不用猜，恐怕最多的肯定是老婆或老公的电话了。因为在那时，最最牵挂着你的人不会是你的同事、同学、朋友，甚至是父母；而唯有她或他最了解你的行踪，知道你这时最需要什么，而准会打上几通电话，问候问候你，哪怕有时电话打通了，一句话也不说，也会是最体贴的牵挂，无声胜有声啊。

　　23 点以后，快到午夜，这时你都在干什么？在官场周旋？在职场应酬？在酒场潇洒？还是在赌场挥霍？我想不论你在什么场合，你都应该记得还有一个"场"，那个地方就叫作家。要知道，这时你家窗户的灯一定还亮着，你的爱人正坐在窗前守候，等你回家。

23 点以后，我想，不论你的手机是否响起，你都要记得回家。因为家里有人正把你深深的牵挂！

总有一款适合你

朋友 30 岁出头，在县城的一所高中当老师。小伙子人也长得挺帅气，不说风流倜傥吧，倒也是五官端正，眉清目秀，鼻梁上架一副眼镜，颇有知识分子的风度。可就是这么个同志，却一直没能处上对象。朋友看上去是无所谓的样子，但是他的父母大人却等着抱孙子，于是想尽了一切办法为儿子介绍对象。这可苦了朋友，整天都疲于应付各种约会。但是怪得很，和朋友见面的女孩差不多有一排人了，但是和他谈得来的却不多，所以谈来谈去，他还是光棍一条。时间长了，他未免也有点厌倦了。再也不愿去相什么亲了，并自嘲说，婚姻这事是可遇而不可求的。我们也安慰他说，世上的女孩那么多，总会找到属于他的那一个。

暑假期间，朋友到服装城去买衣服，可挑来挑去，总也没有挑到合适的。服装城的一位漂亮的女服务员一直跟着他，热情耐心地给他介绍各种衣服。可试了几套后，他还是不满意，就准备离开服装城。这时那位漂亮的服务员就笑语盈盈地对他说："再挑挑，相信总有一款适合你。"望着笑靥如花的服务员青春的脸庞，朋友心里莫名的一动，就停住了脚步，并最终购得了一身得体的衣服。临走时，女服务员彬彬有礼地对他说："欢迎下次光临！"那一刻，朋友突然来了勇气，对服务员说："不买衣服也欢迎吗？"服务员又笑了，笑得比桃花还好看。

以后朋友果然经常到服装城去，并最终抱得美人归。朋友说，是因为她的那句话打动了他。他说，其实找对象就像买衣服，有一个选择的过程，那面试衣镜就好比自己的眼光和标准，挑来挑去，就是为了挑一件适合自己的。

父母在，我们永远年轻

    每个人的生活都有自己的圆心，而以亲情为半径，就决定了我们生活圈子的大小。

    一直生活在小城，亲人们也大多在我的四周，所以我绕来绕去，永远还是跳不出小城这个区域。直到儿子到天津上大学了，我才知道有一种牵挂叫天津。而除此之外，我还是安静地在小城里过着自己的生活。

    生平到了四次武汉，而每次都是陪父亲体检或看病。可以说，每一次武汉之行，心里都不是很轻松。虽然也抽空去看了黄鹤楼，可也是"眼前有景道不得"。

    这次陪着父亲体检，依然忙忙碌碌。武汉协和医院除了人还是人，原来这世上，人口密度最大的地方居然是医院。怪不得别人说："什么都没有，也不能有病。"可是，疾病永远是位不速之客，总是会不请自到的，任谁也无法拒绝。我知道，医院里那些行色匆匆的人，要么是病人、要么是病人家属，都是亲人。因为亲情的温度，即使外面冬雨绵绵，而协和医院内却是热流涌动，温暖如春。

等待检验结果的间隙，陪父母一起到协和医院后面的中山公园散步。冬日的中山公园分外静美迷人。梧桐金黄、枫叶火红、修竹青翠、白鸽翩飞，小桥流水、长亭短榭、曲径通幽。真是一处休闲的佳境。中山公园毗邻协和医院，真是病人的福气。在公园里走走，呼吸清新的空气，欣赏无边的美景，心情自然会放松，非常有利于疗养。

看上去，父母也很喜欢那里，都拿出手机四周拍照，他们交谈也活泛起来，特别是父亲，也开始露出了笑容。看着他们有说有笑的，我的心也感到宽慰了许多。我也赶紧为他们拍了些照片，发到亲人群里，说我们旅游很愉悦！

在异乡的中山公园走走停停，我突然就有些异样的感觉。我不知道有多久没有陪父母一起散步了，望着双亲日渐变白的头发，我不由有些惭愧。

人到中年，总感觉到时光的脚步太急，总有一些烦琐的事，总有一些不了的情。其实呀，人生最重要的还是亲情，我们还得继续画好亲情那个圆。所以，我们必须为亲情放慢脚步，多抽时间陪陪父母，不是说尽孝要趁早吗？

父母在，不言老。是呀，父母在，我们就永远年轻，就有寄托、就有依靠、就有家。

父亲的菜单

春节是团圆的时节。亲戚朋友平日里都各忙各的事情，相聚在一起的时候很少。往往大家都利用春节期间，互相走动走动，拜个年，问个好，吃顿饭，叙叙旧，让那份浓浓的情谊在团聚时得以尽情的宣泄和升华。

我家亲戚多，从正月初一起就有客人来拜年。为了使客人们高兴而来，尽兴而去。父母每天忙里忙外，尽可能地使客人吃好玩好。今年，父亲总在头一天夜里列好菜单。根据第二天可能来的客人，量人定菜。菜的内容尽量做到荤素搭配，老少咸宜。我看了父亲的菜单，火锅是一道必不可少的主菜，然后是两个炖菜，三四个炒菜，再就是几小碟卤菜。至于菜的内容，每天都变着花样，尽量不重复。菜单既定，然后就按着单子准备材料；待客人来时，便可有条不紊地照单做出可口的菜肴了。

父亲的这招还真行，既做到心中有数，又可以节约时间，还经济实惠不浪费。虽然菜单中没有山珍海味，但家常的饭菜如果真心地调理，照样也能让人吃得余味绵长。

那天岳父来我家，父母很快又整出了一桌丰盛的饭菜。岳父连说：太丰盛了，不要再做了。8 岁的女儿数了数桌子上的菜，对她姥爷说：还有一个菜。岳父就问她怎么知道的。女儿骄傲地说：我偷看了爷爷的菜单！一句话，说得大家都笑了。

　　现在，父亲的菜单在亲戚中传为美谈，大家都说父亲的做法值得学习和推广。

过年把爱带回家

年关渐近，这几天明显地感觉到县城的人多了起来，在外经商的、打工的、上学的都拎着大包小包回来了。不论路途多么遥远，什么也阻挡不了大家回家的脚步。

在外的亲朋好友也都一一回乡了。昨天在南方打拼的同学阿工来看我，同我叙叙别情，谈谈外面的世界。酒过三巡，我问他过年给家人都带些什么好东西回来了？阿工憨憨地笑了："该带的都带了吧！"顿了一下，他接着说："回来后，我想最主要的还是多抽点时间陪陪父母，带带孩子，给他们多一点关爱，过年了就让我把爱带回家吧！"

"把爱带回家。"多么朴实的话语！阿工的话一时让我颇为感动。

外出早已成了时尚，大家早就习惯了年初出去，年终回家的生活。一个转身就是一年的距离，背影之后是家乡，只留下空巢父母孤独地坚守，只留下留守儿童切切地眺望。

在我老家有一个村子，只剩下五个人。偌大的村子就只有五个人，陪伴他们的是那些鸡鸭猫狗还有四季的风，五个人撑起的世界未免有些寂寥和冷清。我知道他们更迫切地希望过年，过年了，村子才会热闹起来，才有了人气。

过年是亲人团聚的时刻，它是一种情怀，关乎心灵的情怀。它更是一种希求，凝聚感情的希求。

过年了，外出的人纷纷回家。那大包小包里装满了他们的心意，装满了他们的祝愿。其实能够回家，对家里人来说，那已经是一种莫大的幸福了。

过年把爱带回家。陪父母说说话，随妻子逛逛街，带孩子尽情玩。那应该是最珍贵的新年礼物。

把爱带回家，让永恒的年味中氤氲着人情的味道，温馨、温暖、持久……

第四辑　走进一首古诗的意境

金银花与野月季的爱情

两种植物那么如胶似漆地紧紧缠绕在一起，我实在找不到合适的词语来进行形容，除了"爱情"，就譬如说金银花与野月季。

也许是上帝的错爱，也许是千年修来的缘分，也许是青鸟匆忙中遗落的种子，也许是风无意间的撮合。反正金银花与野月季这两种看似毫不相干的植物就那么根连着根手牵着手地走到了一起。你看，在五月花的海洋中，就数它们的笑容最为灿烂，就数它们的姿态最为张扬。也许，那就是一种幸福，那就是一种甜蜜。

金银花小鸟依人般挽着野月季的胳膊，野月季绅士风度地轻揽着金银花的腰肢。金银花柔弱无骨地依偎在野月季的身旁，情态是那么的千娇百媚，楚楚动人；野月季用它那带刺的身躯呵护着金银花，显得那么伟岸挺拔，卓尔不群。在金银花的眼中，那些刺可是它最温柔的港湾呀！傲立在五月的风中，它们又招来多少嫉妒的目光啊。

它们饮清露而吻，浴朝阳而拥，枕月光而眠。有星星做证，有风儿传情，有蜂蝶为媒。无须海誓山盟，不必殷殷表白，它们的爱天地可鉴。

厮守着，缠绵着，从秋到冬，从春到夏，共历枯荣，同经风雨，它们的爱情经受住了时间的考验，最终绽放出最芬芳最艳丽最圣洁的花朵。那一朵朵一簇簇的花儿啊，应是爱情最完美的象征！

原来爱真的可以穿越世俗的城墙，可以到地老到天荒啊。

情花与断肠草

一、专一的李莫愁

问世间情为何物，直教人生死相许。

李莫愁错就错在不该踏出古墓，更不该遇见了风流倜傥的陆展元。外面的世界已然多彩，晃花了她的双眼，而玉树临风的陆展元不仅花了她的双眼，更动了她的芳心，于是她在古墓里所有的修为都化为乌有，死心塌地地爱上了陆展元。然而她生死相许了，而陆展元却没有真正喜欢上她，很快就移情别恋，与何沅君结婚。从那一刻起，李莫愁的人生观就发生了扭曲，心中充满了仇恨。她杀人如麻、恶行累累，成了江湖上闻之丧胆的女魔头。

虽然，李莫愁一开始也杀人，但那是她涉世之初，不懂人情世故。如果她真的遇到了可以和她百年好合的人，加以引导，加以教化，也许世间就会少了一位魔头，说不定还因此多了一位英雄。可是李莫愁的眼睛却容不得任何的沙子，她的世界注定没有第二个陆展元。不管你承认还是不承认，事实上害了李莫愁的就是陆展元。

其实，李莫愁最是多情，且情有所属后再无转移，她爱的专一，爱到极致，爱到心痛，爱到恨。这样的女子应当点赞。李莫愁也并非十恶不赦，面对陆无双和程英脖颈上的那条她赠给陆展元的一分为二的丝巾，她念及旧情，没有挥剑下去，并最终把陆无双抚养成人。还有她抢来了小郭襄，言谈举止中却显得是那么的喜爱，把小郭襄照顾得无微不至，这充分体现了她人性中还有善良的一面。

所以，当李莫愁在绝情谷身中情花剧毒，最后葬身火海时，她义无反顾投身火海的场景留给我的居然不是痛快和高兴，却是丝丝的惆怅与同情。

二、大师也有爱

东邪西毒南帝北丐中神通，堪称一代武林宗师，然而大师也是人，也有七情六欲，所以他们躺着也中枪，谁也逃不掉爱情两个字，爱与被爱，伤人与伤己。

东邪黄药师救下了梅超风，收为女弟子，传授武功，教化人生。可是日久生情，女弟子深深地爱上了他，他的心中也满是梅超风热辣的身影。可是他却不敢正视那份爱，悄悄地娶回了冯蘅，以那样的行为默默地拒绝了梅超风。他的这份看似再正常不过的行为，却深深地伤害了梅超风，也直接导致了梅超风悲剧人生的开始。所以当他对杨过说，谁要是敢阻止杨过与小龙女的婚姻时，他首先就不愿意。看到那里，我就觉得黄药师不地道，很是伪善，他的"东邪"之名，有些浪得虚名。人家杨过敢娶师傅，他却不敢娶弟子。

西毒欧阳锋是个浪荡的家伙，他邂逅了雪儿，海誓山盟一番后，却玩世不恭地忘了，待他再见雪儿时，恋人已成嫂子。他们再去爱已为世俗所不容，那叫偷情，所以，当他眼睁睁地看着雪儿被他的母亲刺死在自己的面前时，他却无能为力。

南帝一灯大师段智兴爱江山不爱美人。他本来爱的是明月郡主，却为了换取国家的安定而舍弃了明月。而他在街上邂逅了一个长得很像明月的卖艺女子瑛姑，瑛姑就成了皇妃。可是后宫深深深几许，瑛姑踏进皇宫，就踏进了一生的寂寞与痛苦。很快，段皇爷就不再宠幸她。而一个偶然的机会，瑛姑遇见了老顽童周伯通，他们之间就玩出了事，瑛姑被打进冷宫。待裘千仞打伤了瑛姑与老顽童的孩子，而段皇爷却不出手相救，瑛姑一夜白头，在仇恨中度过大半生，虽然最后相逢一笑泯恩仇，但是几十年的痛苦，谁知？

北丐洪七公邂逅秋意浓，本来可以演绎出荡气回肠的爱情，可是洪七公降龙十八掌和打狗棒耍得是玲珑八面，而面对情爱二字却束手无策，让秋意浓误解他一辈子，恨了他一辈子，并最终死在秋意浓的剑下。而秋意浓也在得知那个在自己失明失聪期间一直陪伴她的人是洪七公后，挥剑自戕。一对有情人，死后才双手相握，叹哉。

身负抗金大任的中神通王重阳其实和林朝英心心相印，可是他矢志抗金、先国后家，就这么辜负了林朝英的一片芳心，他们一个在重阳宫，一个在活死人墓，咫尺天涯，直至终老，空留遗恨。

相遇过，爱过，恨过。爱竟然是如此的艰辛。滚滚红尘，又湮没了多少伤心刻骨的情事？

三、郭襄一见误终身

少女情怀总是诗。

当郭襄被大雪封江，困在风陵渡口，在那里听众位江湖人士谈及神雕大侠时，小小的郭襄那时候心里充满的仅仅是景仰之情，抱着满满的好奇心非得一睹神雕大侠的真容不可。

郭襄不顾姐姐的劝阻，毅然前去见神雕大侠。在大头鬼的带领下，郭襄见证了神雕大侠调解西山一窟鬼和万兽山庄的纠纷，并随之到黑龙潭拜见瑛姑和到百花谷请老顽童周伯通，不由对神雕大侠好生羡慕。

待到杨过摘下面具，郭襄的芳心就被彻底地俘获了，醉得一塌糊涂，那一见就误了她的终身。

英雄大会上，杨过送给了郭襄三件惊天动地的生日礼物。那以后，郭襄就不再属于自己。虽然她知道杨过心有所属，但是她却爱我所爱，无怨无悔。

可是，爱却是两个人的事情，需要两心相悦。所以任郭襄爱得死去活来，却只是自己的一厢情愿，只能是难遂心意无言的结局。

郭襄找了几十年，可是镜花水月的爱却注定不会开花结果。郭襄最后不知是真的明白了，还是装糊涂了。她隐居峨眉，开创一个武林门派，也许在刀光剑影、青灯黄卷里，才能读得懂她深深的情思。

四、情花与断肠草

一部神雕，几多爱恨。

爱是什么？

对杨过和小龙女来说，爱是玫瑰上的刺，爱是郭芙那无情的剑，爱是李莫愁的冰魄银针，爱是全真教凌厉的掌风，爱是情花的毒。

一个师傅，一个徒弟；一个姑姑，一个过儿。他们的爱注定充满坎坷，布满荆棘。因为在世俗的眼里，他们面前横亘着一道深深的鸿沟，不可逾越。那种礼教的束缚，不是谁想挣脱就能挣脱的。所以他们的爱才那么的艰难，那么的痛苦，那么的惊天地泣鬼神！

他们做到了，因为他们真爱。因为真爱，所以他们才能经受住时间的考验，所以他们才能担当起世事的跌宕，所以他们才有资格享受那情花的毒。

情花妖艳迷人，但是一旦中毒，却痛苦无比，越是相思，越是苦痛，相思之苦由是可见。

但是很奇怪的是，解情花之毒的却是断肠草。

于是你似乎可以明白，真正的情与爱，是要经得起肝肠寸断、撕心裂肺地锤炼的。

吊兰的姿态

妻子爱侍弄花草，而对吊兰情有独钟，以至于家里都快成了吊兰的世界了。客厅里、书房里、阳台上到处都有吊兰绰约的风姿。吊兰的生命力极强，剪一截吊兰的枝丫，随便插在花盆或其他器具里，浇过几遍水后，它们就灿灿然地成活了，生长出一片鲜活的生机来。

在妻子的影响下，慢慢地我也喜欢上了这种植物。吊兰可能是长时间生长在屋内的缘故，它们总是显得那么脆生生的，给人一种弱柳扶风、我见犹怜的感觉。不由得让人就对它们百般怜惜、呵护，生怕一不小心就会对它们造成伤害。

没事时，我总喜欢静静地观赏吊兰。喜爱看它们柔柔的枝、嫩嫩的叶、浅浅的色、淡淡的痕，不事粉饰，静如处子。总能让人心绪平静，倍感安逸平和，给人以心灵的慰藉。

而我更喜欢的却是吊兰向下生长的姿态。当别的花草都拼命向上，葳蕤出争宠的娇媚时，而吊兰却俯下身了，向下延伸自己的美丽。它们尽可能地把自己放低，向人们传递着一份友好亲和的信息。它们悬垂着娇弱的身躯，是那么的温顺，而又楚楚动人，不由得你不爱怜。

向下其实也是一种生长。当吊兰的藤蔓越来越长时，妻子就自然地会把花盆放到高处；再长，再放到更高的地方，有的甚至需要仰视才能欣赏。原来，俯下身子亲近人们的，人们反而会把它们放到可以仰视的地方。

向下的吊兰给我们最深的感动与启迪。

美人蕉的花语

那一年,他高考落榜,十年寒窗却换来名落孙山,他倍感失意与落寞,心中满是彷徨忧虑。在这种情绪下,一日,他漫步进入了当地一家有名的寺院。进寺院,他没有想到出家,那个年龄,还不足以看破红尘。他只是想让寺院的清净能抚慰他那颗烦躁焦虑的心。

那些慈眉善目的佛像,以他们的博大与深邃,的确让他心生敬畏,而慢慢地让自己的心绪平静。他在寺院内随意走动,这时,他发现了寺院角落里的那几株高大的美人蕉。那些美人蕉枝干高达一丈,宽阔青绿的叶片,火红鲜艳的花朵,一下子就抓住了他的灵魂。当时,他仅仅是通过那宽大的叶片判断那是芭蕉,而并不知道它们是美人蕉。待他从僧人的口中得知那是美人蕉的时候,他的嘴角突然有一丝微微的笑意,他在想寺院,美人,怎么能联系在一起呢?僧人没笑,并且很轻易地看破了他的心事。僧人告诉他,美人蕉是由佛祖的脚趾所流出的血变成的。僧人给他讲了一个故事。传说恶魔提婆达多,看到佛陀有超能力,声望日益剧增,就非常嫉妒,于是就暗中设计伤害佛陀。有一天,提婆达多了解到佛陀的行程，就埋伏在佛陀必经的山丘上，并推下一块巨石想伤害佛陀。可是，那大石还未落到佛陀跟前，就粉碎成小石块，只是其中的一小块划伤了佛陀的脚趾，流出了鲜血。谁知那些鲜血渗入大地，却长出了美丽鲜红的美人蕉。

原来是这样。僧人还意味深长地告诉他，美人蕉是佛祖的化身，在这炎热的天气灿然开放，让人感受到强烈的存在意志。那一刻，他已经醍醐灌顶了。从此在他心中就满是美人蕉那招摇的姿态。

第二年，他通过刻苦复读，终于考上了理想的大学。上大学后，随着知识面的增加，他更多地了解了有关美人蕉的知识。他知道美人蕉的花语是：坚实的未来。没想到美人蕉有一个娇柔的名字，却有着不同凡响的花语。

大学毕业后，他被分到了一个很不错的单位，但是他工作没几年，正当宏图大展之际，他却毅然辞职，自己办了一家公司。这很是让人不解。然而他却义无反顾地走自己想走的路。

目前，通过十多年的发展，他的公司已有相当规模。漫步在他的公司，到处都能看到美人蕉的绰约风姿。多年来，不论他再忙，也要亲手侍弄那些美人蕉，知情的人都说那是他的宝贝。到他的公司参观，他都会给你讲他的故事，讲美人蕉的花语。

面对那片灿烂夺目的美人蕉，他告诉我，那些就是梦的色彩，是梦的味道。

斜风细雨不须归

"蛰住茅舍躲寒冬，忽见墙头柳色葱。只待桃花红大地，金钩一副钓金龙。"这是丁洪的一首《渔翁盼春》诗，诗中写出了渔翁偶然看到墙头柳枝一片葱茏，想象着待桃林尽染时，又可抛钩垂钓的那份愉悦而急切的心情。是啊，春回大地，河水解冻，丽日和风，柳绿桃红，又该是垂钓的大好时节，那蛰伏了整整一个冬季的钓瘾随着春暖花开而蠢蠢欲动，心思早就系于那溪畔河边，那野花柳岸了。这是渔翁的心情，又何尝不是我的心情呢？

在人世已跋涉了40多载，生平只有两大爱好，一者是写写画画，在方格间尽情涂鸦，在键盘上辛勤播种，耕耘着自己的文学梦。再者就是背负钓竿，觅一野塘，垂钓鲜鲫活鲤，垂钓清风明月，垂钓天光云影，垂钓时间，也被时间垂钓。我一直以为写作与垂钓有着必然的联系，是辩证的统一。写作其实就是垂钓，那笔就是我们的钓竿，那墨水就是诱饵，那些文字就是我们鲜活的鱼啊！垂钓也是写作，那钓竿就是我们的笔，那河湖塘堰就是我们的稿纸，那些鱼儿便是我们永远也写不完的文字。于是，我一手握笔写春秋，一手执竿钓岁月。其乐融融，其情悠悠。

垂钓是一种乐趣，一种消遣，一种享受。中华五千年历史，又有多少钓者留其名。姜太公隐于悠悠春水，用心垂钓，"昔日白头人，亦钓此渭阳。钓人不钓鱼，七十得文王"。（白居易《渭上偶钓》），姜太公遇文王，成就了惊天动地的伟业。汪洋恣肆的李太白也"闲来垂钓碧溪上"；郑板桥"写取一枝清瘦竹，秋风江上作渔竿"；陆放翁晚年痴迷于垂钓"时人错把比严光，我自是无名渔父"；陆龟蒙则把垂钓当作一生的乐事"一生无事烟波足，惟有沙边水勃公"。

垂钓是大众情人，上至达官显贵，下至庶民百姓；上至七旬老翁，下至黄口小儿，无人不爱此行，无人不精此道。"千山鸟飞绝，万径人踪灭。孤舟蓑笠翁，独钓寒江雪。"柳宗元的一首《江雪》，为后人描画了一个经典的场景：在冰天雪地的江面，一位老翁独钓寒江，老者的那份毅力那份执着那份洒脱，让人动容。他那优美的姿势定格在那个雪天，激励着一代又一代的垂钓者前赴后继，勇往无前。胡令能的《小儿垂钓》："蓬头稚子学垂纶，侧坐莓苔草映身。路人借问遥招手，怕得鱼惊不应人。"对小儿垂钓的神情描摹得惟妙惟肖。明朝开国皇帝朱元璋也是一个钓迷，有一次可能运气欠佳，很久钓不上鱼，而旁边的大臣则接二连三地有所收获，他不由就有些龙颜不悦了。这时善于察言观色，溜须拍马的解缙，眉头一皱，吟诗一首：数尺经纶落水中，金钩抛去永无踪；凡鱼不敢朝天子，万岁君王只钓龙。朱元璋一听，很是欢喜，钓着鱼钓不着鱼也就无所谓了。其实垂钓本就是一种心情。钓着鱼就钓了一篓喜悦，钓不着鱼，也钓了一天的安宁与闲适。垂钓者都应该有这样的境界：扁舟沧浪叟，心与沧海清（岑参诗句），这样才能真正领略到垂钓的精髓与内涵。

远山有色，近水无声，自然万象，无限风情。在如诗似画的景色中，垂钓真的是一种绝妙的美差。钓者的心中也就一片澄明，这时，眼前只有美景，心中只有钓事，那纷扰的争斗那喧嚣的尘世早就被抛之脑后了。不觉中就超然物外，不愿归去了。"西塞山前白鹭飞，桃花流水鳜鱼肥。青箬笠，绿蓑衣，斜风细雨不须归。"那翩飞的鹭鸶，那夹岸的桃花，那肥美的鳜鱼，让张志和顿生此生何求，而不愿归去了。尽管他的哥哥张松龄百般劝说：乐是风波钓是闲，草堂松桧已胜攀。太湖水，洞庭山，狂风浪起且须还。但这丝毫打动不了他的心，于是"江湖"上从此多了一位自得其乐的"烟波钓徒"：松江蟹舍主人欢，菰饭莼羹亦共餐。枫叶落，荻花乾，醉宿渔舟不觉寒。那种体验也只有钓者自知了。

　　不须归就不须归！"阆苑有情千重雪，桃李无言一对春。一壶酒，一竿身，快活如侬有几人？"身陷囹圄的南唐后主李煜也想幸福地去做一名钓者，从此饮酒垂钓，了此余生。但遗憾的是他也只能想想而已了。而我们可都是自由之身啊！那就携酒背竿，浪迹"江湖"，管它今夕何夕，就作自己的"钓仙"，岂不妙哉！

走进一首古诗的意境

　　那雨下的时候，我正在河边垂钓。

　　那雨是在毫无征兆的情况下说下就下的。淅淅沥沥地从空中斜斜飘落，如丝如缕，如诉如泣。春雨向来是吝啬的，从来舍不得泼墨挥毫，只是惜墨如金的丹青高手，一点一点地写意。一点点，一点点，就洇绿了一个如诗如画的秀美田园。

　　风是轻的，雨是柔的，水是媚的，野花是香的，泥土是清新的，鱼儿是肥美的，心情是舒畅的。此情此景，此时此刻，我就突然想起了那首著名的诗来：西塞山前白鹭飞，桃花流水鳜鱼肥；青箬笠、绿蓑衣，斜风细雨不须归。

　　山是有的，不过不是张志和的西塞山，是我家乡的山，山不高，却也郁郁葱葱。白鹭也是有的，正在那里翩翩飞舞，一只，两只，好美的舞姿。还有野鸡，那些漂亮的家伙，刚刚还在那里一惊一乍地叫，雨一下，就扑棱棱地飞走了。

　　没有桃花，却有几株垂柳，柳丝飘飘，溢翠水灵。想起了苏东坡和

156

黄庭坚的一副对联：松下围棋，松子每随棋子落；柳边垂钓，柳丝常伴钓丝悬。好情调，好意趣。流水，就在眼前淙淙，春水悠悠，钓竿悠悠。鳜鱼，俺这里没那玩意儿，鲫鱼却很多啊，那些鲫鱼真肥啊，我钓了多少条，已经记不清了。

桃花有了。哦，那是一柄油纸伞，鲜红鲜红，就像一朵硕大的桃花，在春雨中怒放。桃花，伞下还有一朵，那是姑娘的脸。哦，如花的姑娘正在河对岸放牛。牛，这久违的朋友，正在那里忘情地啃着青草。那咀嚼的声音清脆而急切，一直传到河这边，直往我的耳鼓里钻，痒痒的感觉。牛的身后，黄的是油菜花，紫的是紫云英，青的是麦苗，多么亲切的作物啊，正在享受春雨的洗礼。眼前的一切又是多么诗意多么田园的图画啊，我的心里有些微醺微醉了。

青箬笠、绿蓑衣，那是久远的记忆了。如今垂钓的工具先进得很，有专用的大伞，携带方便，挡雨遮日。伞早已被我撑起，我就在伞下惬意地端坐，垂钓。嘘，别出声，有鱼上钩了，浮标沉下去了，又升了起来，提竿！哇，又一条！那种感觉真的很爽！也难怪张志和不愿归去，我心亦然。

就这么，这个雨天，我走进了一首古诗的意境。我真的想梦回千年，寻到太湖边，找到那个烟波钓徒，和他切磋切磋钓艺，煮一壶酒，抽一袋烟，不须归就不须归吧。

杨花无才也癫狂

正是晚春时节，春到深处春更浓。经过整整一个春季的孕育、生长，花草树木褪掉那份柔弱与青涩，正以丰腴成熟的姿态呈现在人们面前，满眼的葱茏繁华、鲜花似锦。正是韩愈《晚春》诗中的意境：草树知春不久归，百般红紫斗芳菲；杨花榆荚无才思，惟解漫天作雪飞。春天即将归去，花草树木各自使出浑身解数、吐艳争芳，想留住春天。而杨花与榆荚虽然色乏香少，但却也不妄自菲薄，而是化作漫天雪花随风而舞，在春的尽头，演绎那份属于自己的美丽。诗中的杨花不是杨树的花，而是柳絮。《辞源》上解释杨花就为柳絮。庾信《春赋》写道：新年鸟声千种啭，二月杨花落满飞。

我们这里榆树少，但是柳树却被普遍种植，到处都有它们绰约的身影。那些平凡的柳树，春来发芽、秋后落叶，生长着自己的生长，该开花时自然开花。

杨花的轻柔多情，成为古往今来情愫满怀的迁客骚人、浪迹天涯的异乡游子寄托感情和哀思的信物。人们咏杨花，或借景抒怀，或托物言志，总能留下绝妙的诗句。"阳春二三月，杨柳齐作花，春风一夜入闺闼，杨花飘荡落南家。含情出户脚无力，拾得杨花泪沾臆，秋去春还双燕子，愿衔杨花入巢里。"以杨花隐喻情人，巧妙双关，哀婉动人。晏殊的"春风不解禁杨花，蒙蒙乱扑行人面"，让人感到淡淡的闲愁。张先的"中厅月色正清明，无数杨花过无影"，给人以宁静的感觉。最著名的还是苏轼的"似花还似非花，也无人惜从教坠""细看来，不是杨花，点点是离人泪。""似花还似非花"，使杨花的生动神态跃然纸上，"细看来，不是杨花，点点是离人泪"，更是千古名句，被广为传诵。

当然，杨花有人喜欢，也就有人不喜欢。柳树是柔丽的，可是在有些人的眼里杨花却有些轻浮，所以才有了"水性杨花"一说。曾巩写道：乱条犹未复初黄，倚得东风势更狂；能把飞花蒙月日，不知天地有清霜。杜甫也写有：癫狂柳絮随风舞，轻薄桃花逐水流。

可是不管如何，杨花不是为谁的喜欢而存在的，它们不会在意那些赞美或者批评，它们只是在享受自己的生命过程。在世人的眼中，它们有情也好无才也罢，沉稳也好癫狂也罢。它们都会置之不理，照样年年笑对春风，完成自己生命的轮回。"柳丝榆荚自芳菲，不管桃飘与李飞"（《红楼梦》黛玉葬花词），那些杨花在属于它们的季节里，依然舞出自己的精彩。杨花本是柳树的种子，那些种子御风而飞，谁能阻挡生命的舞蹈？

所以，面对那"一川烟草，满城飞絮"，我们唯有送上最深的敬意。

山中有书堂

深山藏古寺，山中有书堂。

寺是千年古刹净居寺，是佛教天台宗的发祥地；堂是东坡读书堂，是苏东坡在净居寺谈经论道，低吟浅唱的地方。这一寺一堂，相得益彰，相映成趣。

东坡读书堂静静地伫立在净居寺大苏山的半山腰间，青砖灰瓦，松柏掩映，幽静安详，居高临下，仿佛在昭示着一种读书的高度和境界。

我默默地打量着读书堂，这里环境优雅，景致宜人，有白云为伍，有松竹相伴，有山花可赏，有古茶飘香。有净居寺香火萦绕、晨钟暮鼓的陪伴，真不失为读书的好去处。

春可在和煦的春风中，吮吸着野花的芬芳，聆听着鸟雀的欢唱，就这么沏一壶新茶，就着满眼春色，咀嚼细品书中的文字，书可以是古诗、美文、经卷，就这么一点点进入书中，可谓物我两忘，乐哉逍遥。

夏夜，一轮山月，斜挂树梢，偶有凉风，松枝摇曳，各种昆虫争先恐后地奏出动人的天籁交响。就这么独临纱窗，守着青灯，捧着书卷，

160

或凝神，或思考，或吟诵，或书写，此情此景，可入梦矣。

秋高气爽之际，拾级而上，登高远眺，悠闲自得，意境深远。手背书卷，在山林中漫步，或默记吟哦，或放声朗诵。那时一切都是轻快明了的，都是自由旷达的，你会觉得心中自有天地，书中更有乾坤。

冬雪永远是诱人的，山色，雪景，古寺，一切都那么安静，绿蚁新醅酒，红泥小火炉。这样，你大可足不出户，让书伴你走进那片圣洁、那份真意、那份超脱。面对那样的景致，你会知道读书写字乃人生之快事！

晨钟暮鼓、梵音袅袅，能让人平静、让人彻悟。禅寺是能让人六根清净的地方。旁临禅寺好读书！在那样的氛围中，书必将沾染佛的意、禅的味，让你的精神得以愉悦，让你的灵魂得以升华。

苏轼在政治上失意之际途经净居寺，留下了深深的足迹以及后人深深的思考，关于读书，关于人生。苏轼到达黄州后写下了一首词《定风波》："莫听穿林打叶声，何妨吟啸且徐行。竹杖芒鞋轻胜马，谁怕？一蓑烟雨任平生。料峭春风吹酒醒，微冷，山头斜照却相迎。回首向来萧瑟处，归去，也无风雨也无晴。"从词中读出了苏轼是何等的超然物外，洒脱飘逸。

可如今社会，物欲横流，充满浮躁，攘往熙来，功名利禄。又有几个人真正能静下心来，读上几页文字呢？

好在我们还有净居寺，我们还有读书堂。

闲暇之际，还是暂且远离红尘，去一趟读书堂，让精神松弛，让心情平静。去读几首诗词，品几篇美文，学习一点理论，钻研一些业务。不但可以丰富知识，开拓视野，还可以陶冶情操，修身养性，这何乐而不为呢！

旁临禅寺好读书，进入书中，你就会拥有诗样生活，禅意人生。

每一朵花都不会错过花期

四年前，朋友从家乡小镇搬家至信阳，院中的一盆兰草，因嫌笨重，搬着费事，就送给了我。

彼时正值春天，养在小院里的兰草，正灿灿然开着。兰叶碧绿葳蕤，淡黄的花瓣缀满两只花箭，正吐露浓郁的芬芳，院落里盈满花香，自然而清新，让人犹如置身山野，浑身舒畅。

我一下子就喜欢上了那盆兰草，欣欣然搬回家，把它安置在阳台上，让它和那些海棠、吊兰、蟹爪兰、芍药等一起灿烂着我的春天。海棠和蟹爪兰也开出鲜艳的花儿，但是它们只有艳丽的色彩，而没有醉人的香气。兰草的加入，让我家阳台顿时生动起来，俏皮起来，色香俱有，让人喜不自禁。

兰草花也很是给力，开了很长时间才慢慢枯萎，久久我们还能感受到满室的兰香，甚至在梦里还是它绰约的身影。

可前年春天，兰草却没有如约开花。我们期盼的兰香没有出现，令我很是惆怅。不知道是兰草不适应我家的环境，还是我们没有尽心侍弄，

162

疏于对它的照料,所以它才没有应春风而发?让我费解了很久也纠结了很久。从此对它更加精心呵护,松土、拔草、浇水、施肥。为了它能够更加亲近自然,下雨的天气,我还不辞辛苦地把它搬到楼下,让它淋淋雨水;冬天为了它得到更多的光照,也把它搬到楼下,让它享受享受日光。我想这样,它来年才该为我开一次花吧。

可是,它又辜负了我的一片痴心。去年的时候,它依然按兵不动,兰叶倒是依旧翠绿鲜嫩,可就是有叶无花。就像一个结婚几年的女子,容颜越发艳丽了,可总是腹部平平,让人空余遐想。

我有些一筹莫展,慢慢地对它也失去了信心。也询问了一些朋友。有朋友说兰花娇贵,脾气怪,花期不固定。既然这样。那也只能随遇而安了,让它生长着自己的生长!

又是一年春草绿。阳台上的植物经过冬的孕育,又悄悄复苏鲜活了。海棠开了,粉嫩诱人;蟹爪兰开了,鲜艳欲滴。我好几次都偷偷地瞥向那盆兰草,可它却依然故我,青翠复青翠。

昨天吃罢晚饭,倒了杯茶,坐在沙发上准备看电视,忽然一阵春风从纱窗飘来,风中夹杂着一股似曾相识的幽香。我吮吸了一下,然后一个激灵,是兰香!我一跃跳起身,几步就跑到阳台,使劲摁开灯。没错,是的,兰草开花了!在柔和的灯光下,一只刚刚冒出的箭上缀着三瓣兰花,那么楚楚动人,那么摄人心魄!是什么带来了它的一缕香魂?是什么唤醒了它开花的心?我竟然激动的有些失态了。我知道我的阳台又将会有色有香,我的春天会更靓丽明媚。

原来,每一朵花都不会错过花期!它们会在自己的花期里轮回,在自己的季节里绽放,在自己的春天里芬芳。

美女如暖气

近一个月来，因为单位业务工作的需要，我一直在县行政服务中心帮助本局的同志处理一些事务。县行政服务中心汇聚了全县七十多家单位，大家都开放式办公。平时总听说行政服务中心美女如云，从前虽也来过几次，但每次都是脚步匆匆，没有仔细观察，不知道美女几何。待到真的坐在中心窗口，环顾周遭，才知道所听属实，因为我发现自己一不小心竟陷于美女的重重包围之中。特别是我单位这一排的十几家单位，男同志是凤毛麟角，有一两个，算是点缀，其余是清一色的美女。各单位好像在比赛似的，尽派靓女到中心上班。就像中心宽阔走廊的柱子上写的那样：个个是中心形象，人人是县城环境。说实话，那些美女，的确能代表县城的环境，不论形象气质还是学识修养，都堪美女之称谓。真的佩服决策者的优雅创意，把各单位便民服务的地方称为窗口。那一个个窗口里因为美女的存在，都生机无限，风景怡人。一个窗口就是一幅生动的图画，一个窗口就是一方美丽的天地，一个窗口就是一片斑斓的世界。

164

端坐在窗口里，让我这个四十岁的男人未免有些自惭形秽。处在美女的世界里，我觉得自己就是一幅画作上的一点墨渍，抑或是一篇美文中的一处败笔。但是自惭是自惭，处于如花的世界里，还是丝毫不能影响我欣赏美或者仰慕美的那份闲情逸致。

　　每天九点，美女们都会迈着款款的步子来到中心，开始一天的工作，可以说每一天的开始就是一次鲜花的盛开。于是中心这座百花园顷刻便亮丽起来鲜艳起来生动起来活泼起来。虽然看不到阳光，但是却能感受到阳光的温度，美女们的世界向来是艳阳灿烂、莺歌燕舞、鸟语花香。婀娜、娉婷、摇曳、纷呈、青春、烂漫……你可以想出很多美好的词语，来表达自己切身的感受。在如花的世界里，往往会让人混乱、心慌、迷失。真想知道那位写"曾经沧海难为水，除却巫山不是云"的先辈，是否能够真正做到"取次花丛懒回顾"，如果他真做到了，那么他要么是圣人，要么是君子。而我却是凡夫俗子，取次花丛，频频回顾，流连忘返，乐不思蜀。

　　时令正是隆冬，但是中心里因为有暖气供应，使得中心内外宛若两个完全不同的世界。一到中心，美女们纷纷脱掉厚厚的外套，换上鲜艳的服装，使得她们玲珑身材曲线毕露，立即让人感到春风扑面，思绪无限。真的让人产生错觉，觉得我们就像生活在春天里。

　　今天早晨上班后，中心的暖气供应不是很及时，稍微有些冷。但是我来到后，还是习惯性地脱掉外套。同事问我，没有感到冷吗？我环顾了一下前后的美女说：不冷，美女就是暖气啊。立即引得美女们一片灿烂的笑声。

　　我也悄悄地笑了。其实我说的是心里话。在这个季节，身边的那些美女真的就如暖气，那种暖氤氲周遭，亲切、熨帖、温润，直达心灵。

无水的华清池

我想游客到华清池旅游大抵因为"不尽温柔汤泉水，千古风流华清宫""春寒赐浴华清池，温泉水滑洗凝脂"这些美妙的诗句，遥想那一池碧波，水光山色，定然令人神往。也许人们更抱有猎奇的心理，想看看一代美人杨贵妃沐浴的地方到底是怎样的风水宝地。

但是当我站在门票上标注的水波荡漾的华清池中杨贵妃的雕像旁时，却不禁哑然失笑，偌大的池子居然没有一滴水，一切是那么的空荡。身披浴巾袒胸露乳的杨贵妃木然地矗立在那里，目光无神地看着游客。可能是缺乏水的滋润，杨贵妃显得灰头土脸，一点也看不出光彩照人的样子。如果说能吸引游客眼球的仅仅是她那对丰满的乳房而已，裸露着，被游客的目光一遍遍地亵渎。难道这就是李白赞美的"云想衣裳花想容，春风拂槛露华浓；若非群玉山头见，会向瑶台月下逢"的杨贵妃吗？难道这就是白居易描述的"回眸一笑百媚生，六宫粉黛无颜色"的杨贵妃吗？

来到杨贵妃曾经洗浴的"海棠汤"，那里依然无水，只是一座空池。站在高高的看台向下俯瞰，发现那是一个再普通不过的洗澡池了，面积不大，结构简单，一个进水口，一个出水口，青砖垒制，且经过岁月的风化，已是断砖残壁……谁能想到杨贵妃就是在这里沐浴身体，承受恩泽，在这里演绎大唐的缱绻与奢靡呢？看来贵妃出浴，只是一帧艳照，站在历史的深处，让人浮想联翩。

远去了，那一骑红尘，再也等不来那新鲜的荔枝；远去了，那霓裳羽衣舞的婀娜凌波曲的曼妙；远去了，那轰动了半个盛唐的爱情故事。繁华落尽，也许换来的只是那一曲长恨怨歌。

无水的华清池，应该是一个讽刺。

也许有一天会有两滴水飘落，那会不会是杨贵妃的两滴泪呢？

枯草的根

周末，我到河边垂钓。

季节正是初春，春才暖，花未开，草枯黄，水微凉，鱼儿正在路上。端坐河边，我唯有默默地等待，等待这个春天的第一尾鱼带给我的惊喜。

等待，应是人生词典中最滑稽有趣的一个词语，是人生历程中最无可奈何的一种选择。虽然在等待中，你可以放飞所有的思绪，想象最圆满的结局。但是，你却必须承受那个漫长过程所带给你的一切。一句看似不经意的等待，却有几多不可言说的人生况味。

河对面是一排排杨树，我静静地打量着它们，它们也静静地看着我，隔着一道水，看上去杨树有些空蒙、迷离，我读不懂它们的心思。

身边的河堤上布满的是那些常见的丝茅草，一派枯黄，有的草间还有被火烧过的灰烬残痕，从它们身上丝毫看不出春天的踪迹。百无聊赖中，我拔起了身旁的一根丝茅草。沙土很柔软，我轻轻地就将它拔了出来。

就这么我看到了枯黄的丝茅草的根。在看到丝茅草的根的那一瞬间，我突然感觉有一股春风拂面而过，我仿佛就看到了整个春天。看似枯黄的丝茅草，它的根居然是那么的水灵、柔嫩、鲜活。与地上那部分的枯黄、凋敝、萎靡，迥然不同。很难相信，在厚厚的沙土里面，却孕育着这么一片动人的生机。

我轻轻地把玩着这根丝茅草，看着这根丝茅草上下的截然区别。突然就明了和品味出那首古诗"离离原上草，一岁一枯荣；野火烧不尽，春风吹又生"的意境与真意。那些草之所以枯了又荣，就是因为它们拥有着为它们提供生生不息生命源泉的草根。那些草根深埋地下，始终保持着一颗绿色和向上的心，它们从未放弃生长，从未放弃追求。它们只是在等待季节的轮回，等待一场春雨、一阵春风，然后就踏着时令的节拍重返大地。于是人生便又会是一度春草绿，又是一个欣欣向荣的春天。就像河对面的那些杨树，它们也从未错过季节，从未放弃春天，它们也在默默等待，等待重新披上绿色的衣裳，等待在春天的色彩中做着七彩的梦。

这时，河里突然传来一声蛙鸣，我不禁笑了。这些可爱的精灵，一定是受到春的感召，一声惊雷，便让它们结束了漫长的冬眠，游回春天。它们经过几个月安静的等待，终于又可以在悠悠春水中释放生命的激情。

生命中有太多的等待，有太多的期许，有太多的蛰伏，但是只要忍耐、只要坚守，那么信念之根必将葳蕤出生命的绿意，开出灿烂的花朵。

妖子

妖子是一种很诗意很唯美的称呼,其实它只是我们这里对白条鱼的一种俗称。妖子这个名字给人的感觉有些空灵,甚至有些暧昧。我很喜欢。

我们这里是鱼米之乡,有水的地方就有鱼,有鱼的地方就一定有妖子。妖子不是塘堰湖泊的统治者,但是它们却绝对是家乡水域里数量最庞大的一族。妖子一般生活在水的上层,所以它们很轻易就会进入人的视线之内,妖子细长,速度极快,加之它们在水中腾挪翻移,姿态很美,往往就能牵动人心,让人们充满想象。它们动辄成群倏尔而至,又箭一样地飞逝,洁白的身影在阳光下的水面划出道道炫目的白痕,让人目不暇接,叹为观止。如此称之为妖,一点也不过分。

少时都在塘堰里洗菜,一些菜叶漂浮在水中,引得妖子蜂拥追逐。它们好像长有千里眼顺风耳,菜叶刚漂到水里,它们便悄无声息地飞速而至,争相抢夺菜叶。因此我们有时特意地掰一些菜叶抑或青草丢到水中,然后就站在岸边,看成群的妖子围着菜叶或青草争食。妖子在水里游弋着，翻腾着，跳跃着，那种情景很田园、很自然、很惬意、很动人，常常令人乐此不疲、流连忘返。

妖子太多，所以最易被捕获，被人们请上餐桌。老天只要一下暴雨，人们都会拿起扒网到塘堰田缺去逮鱼，一网下去，往往便会是那活蹦乱跳的妖子，然后是鲫鱼、泥鳅、青虾。平时人们总是备有丝套（一种渔网），闲暇之时就拉到塘里，稍等一会收起，丝套上准会缀满一片银白色的妖子。二哥家有一条搭网，农闲时或者雨后的天气他就会扛着搭网到塘堰去搭鱼，而提笆篓的任务就落到了我的身上。我跟着二哥在村庄周围的塘堰转悠，用不了多久，就会搭上满满一笆篓的小鱼，那些鱼尤以妖子居多。所以家乡人说，妖子是穷人的菜。烧白条，或者油炸白条，都是很撩人的美味。当然小时候，油炸是不可能的，只是给很少的油放在锅里煎一下，然后和着辣椒翻炒，却也让人吃的满口生香，回味无穷。至今，我自己知道，在所有的鱼类美食中，我对妖子情有独钟。

很小的时候，我就懂得垂钓。用很简单的装备我就可以把那些妖子请回家。那些妖子很贪吃，钓饵刚投到水中，它们就像抢菜叶或青草一般去抢食，弄得浮标在水中像跳舞一样。而妖子又很妖，往往把鱼钩上的蚯蚓吃光了，却还钓不上来它。钓妖子需要一些技巧，得眼疾手快。然而，再妖再刁的妖子只要贪吃就说明它们其实是不妖不刁的，人们就有办法将它们钓上来。我们这里有几个小型水库，水库里的妖子大而肥厚，引得钓友们竞相垂钓。大家在水库钓妖子，有一窍门，买来药小虾的药，在水库的水草边投一些，把那些小虾药晕，捞起来，穿在鱼钩上。一会那些小虾醒来，开始游弋，妖子就追逐游动的小虾，很容易就被钓起。水库的妖子大的有一二斤重，很是诱人。有时一天能钓获几十斤妖子。

妖子的耐活性差，离了水的妖子，一般活不过十分钟。在水里，妖子才有妖的舞台，离开了水的妖子，再也妖不起来。只能干瞪着死不瞑目的眼睛，无奈地看着岸上不一样的世界。

大排档的氛围

一个多年未见的女同学邀我吃小吃，问大排档如何？我连称妙极，说那是我的最爱。她不由莞尔，说她亦然。想不到时尚优雅的她居然也钟情那么大众的场所，她说她就是喜欢大排档的那种氛围。

在县城有一条老街可谓是大排档一条街，夜市生意很是红火。每当小城华灯初上，那里就开始热闹起来，一个个用钢管和帆布搭起的大棚，把近两百米的街道分割成一个个临时的餐馆。随着客人陆续到来，整条街道慢慢就生动起来，各色人等聚集，笑语欢声不绝于耳。炒菜的交响奏起后，那带着浓浓油烟味的菜香随之弥漫开来，勾引着人们的食欲，吊足大家的胃口。上菜了，人们猜拳行令，吆喝连天，人声鼎沸，喧闹异常，气氛热烈。那时，人们完全沉浸在那份自在的享受中，完全不顾别人，当然别人也是如此，大家都互不干涉，自得其乐。

小城人都喜欢大排档，到了饭局的时候，邀上三五亲朋挚友，就那么叫一声：走，到大排档。或直接干脆就说：大棚见。

大排档简单、实惠、家常。里面陈设简陋，几张圆桌，数张方凳，大家可以随意落座，不拘泥席次，不讲究客套。人都是那些熟人，菜也是那些家常菜。夏天，一碟花生米、一碟凉拌黄瓜、一盘卤拼、一盘红烧龙虾、一盘河鱼……冬天则简单多了，一个火锅，几盘配菜：蒜苗、芫荽、荠菜，粉条是必备的，那些粉条真长呀，不站起来总是没法夹到碗里……

　　大排档的氛围一部分是酒烘托出来的。到大排档得做好喝酒的准备。酒是个好东西，酒能让单调的日子多彩，能让平淡的生活丰富。把酒话家常，把酒论人生。所以大家在一起总会快哉畅饮。好像那些啤酒瓶总是比人醉得更快一些，东倒西歪躺了一地。那时，人是真诚而且最真实的，因为在酒的面前，没有任何人可以弄虚作假。我的一个同事，长得高大魁梧，喜豪饮，常说自己"汉大心直"。在炎炎夏日，喝到酒酣时，他总是赤膊上阵，激动时把一肚子赘肉拍得"叭叭"作响，那份豪爽令人艳羡。大排档滋生的就是真实的快乐，演绎的就是平凡的感动。

　　在大排档，人们说些家长里短，谈些坊间传闻，偶尔也论及国家大事，调侃调侃名人众星。笑声则把大排档的氛围渲染得无比浓烈。在那里你可以开怀尽情欢笑，哪怕捧腹喷饭、前仰后合、肆无忌惮地笑，也没人责怪你，更没有人向你收税。笑声是可以传染的，笑声飞扬，把快乐的氛围展现得淋漓尽致。那些笑总是发自内心，是真情自然地流露。大排档就是平民的欢乐场，是大众的自娱园。

　　喜欢大排档的氛围，更喜欢那里真实的生活。

绿色的诗行

"乡村四月闲人少，才了蚕桑又插田。"翁卷的诗最是写实，因为四月的故乡正是插秧的大忙时节。这个季节，秧苗正在拔节疯长着，人们要把它们安置到已经耖好的水田里，让它们有一个更适宜的生长空间。

骑着秧马，把秧苗从秧底里拔起，束成把，挑到田埂上，扔进水田，然后拉绳分行，接着就是插秧了。

插秧是件技术活，把秧苗插进田里的泥里，不得太深也不得太浅，深了水把秧苗淹住，不利于秧苗生长；浅了，秧苗肯定从泥里浮起来。少时也曾插过秧，当时父母也要我慢些，尽量把秧苗插进泥巴的适当位置。可我却不以为然，一味图快，结果第二天我插的那些秧苗都漂在了水田里，害得父母又去返工。从此我就对插秧心存敬畏，不敢敷衍。

最喜欢的是村里那些妇女们插秧比赛。那些妇女都是心灵手巧的插秧高手，互不服气。不服气好办，照老话说，是骡子是马拉出来遛遛，那就来场比赛。两个或多个妇女并排站在同一块水田的田头，往往以十棵秧苗为一行往下进行。随着裁判一声令下，妇女们左手握着秧把，分出一小撮秧苗，右手接着，迅速地插到水田里，如此反复。她们的速度极快，只见左手不停地分着秧苗，右手不停地插着，看得人眼花缭乱。随着她们飞快地插着，那些秧苗一行行整整齐齐地被插到田里，宛若一行行跳跃的绿色五线谱，扣人心弦。田埂上人们的加油声，和着妇女们倒退时撩起的哗哗水声此起彼伏，热闹非凡，和谐美好。

　　特别有意思的是在烟雨朦胧的水田插秧，更是富有诗情画意。人们头戴斗笠，身披蓑衣，是那么的古典和田园。那时，村里的大光总是按捺不住，就冲着临近水田里的传蓉说道："大嫂，唱段花鼓戏助助兴。"大光的提议立即得到了大家的随声附和。

　　传蓉也就不客气，直起身，清清嗓子，唱起《十二月花名》：四月子里什么那个花儿开呀，李子花开得那个颤噎噎呀，小奴掐花带，头戴着那李子花，望哩咯望郎来哟……

　　传蓉圆润的唱腔引得众人连声叫好，然后大家都起哄让大光也来一段。

　　大光既然敢出招，当然也敢接招了。他毫不谦虚又有些狡黠地唱起了《十爱嫂》：七爱我的嫂哇，好奶呀头儿，一对那个奶头哇，圆溜哇溜，我的嫂来哎嗨哟，好像那个狮子啊，滚绣哇球……大家立即哄堂大笑。传蓉抓起一束秧把，可劲地朝大光扔去……那样的场景，总是让人忍俊不禁，记忆犹新。

　　人们在娴熟地插着秧苗，插着希望，插着美好的生活。在那时，我发现，乡邻们都是能够在大地上汪洋恣肆写诗的艺术家。

　　抬眸所及，满眼都是沁人心脾的绿色。那些秧苗正以青春的姿势站立，把乡村原野装扮得分外亮丽。那一簇簇秧苗排列得那么整齐划一，那么得富有节律，那不正是一行行绿色的诗句吗？

　　那一块块的秧田，正是一首首的诗！你看，那一首，气势如虹，热情洋溢。这一首，短小精悍，清秀隽永。那一首，错落有致，充满哲理。

这一首，古色古香，满是格律。

读着那些诗，在诗的意境里小憩，我们的思绪如水，能够循着那些绿色，打捞那些久远的记忆，以及那些记忆里的欢乐和甜蜜。

起风了。风应该是一个伟大的魔术师，它只轻轻地一拨，那些诗就律动起来，跳跃起欢快的音符。

我们的乡村歌手，那些青蛙们早就迫不及待，在风的伴奏下，开始尽情地歌唱，歌唱着风调雨顺，歌唱着五谷丰收。

而我们的诗人，我可爱的乡邻们，正在静静地创作自己的作品。他们的心里，此刻正被巨大的幸福所包裹着，因为他们知道，他们的诗作凝聚着智慧、满含着感情，那些诗肯定能流芳百世，代代相传。

最后的领地

　　小城的发展日新月异，城市的规模在不知不觉中就向城郊延伸，原先的农村也逐渐城市化了。

　　我们站立的地方原来是郊区的一小片芦苇荡，每年芦花开时很是美丽。可现在由于城市发展需要，这里又新修了一条宽阔的柏油路，路面刚刚完工，路肩土还没培好，新鲜的泥土铺满路边，空气中散发着清新的泥土气息。

　　这条路的修建，使那里的道路成了一个"井"字形，原先那片芦苇荡只剩下窄窄的一长溜，不多的芦苇正在拔节生长，气势已大不如前。那些芦苇，还有几株低矮的柳树、杨树和皮树以及一些灌木丛都被压缩到"井"字的"口"中。"井"字的上面和左面正在热火朝天地盖楼，右面是交通要道，车水马龙。这样一来，使得"井口"里就有些冷寂了，倒是灌木丛中的那些野月季却兀自开得灿烂热烈。

　　看到那些鲜艳的月季花，我掏出手机，准备进去拍照。

　　就在这时，从我们的身后突然蹿出一黑一黄两条狗来，它们低着头，也不看我们，径直越过公路，朝灌木丛走去，看上去轻车熟路的样子。

我停下脚步，看那两条狗。不知道它们到那里去干吗，难道它们也去赏花吗？

两条狗不紧不慢地朝灌木丛行进，照样低着头，不停地吸着鼻翼，好像是在搜寻什么。

突然，两声激越的鸟鸣遽然响起，划破长空，紧接着就看到有两只鹬鸟腾空飞起。这两声鸟叫太过尖利，一时把我们镇住了，被镇住了的还有那两条狗。两条狗抬起头，看到了怒气冲冲的两只鹬鸟，身子不由往后缩了缩。

两只鹬鸟鸣叫着，展开并不宽阔的双翼，不停地扑扇着，在两条狗头顶的低空盘旋，好像是在向狗发出警告。

两条狗稍微愣了一会神，却似乎并不在意鹬鸟的警告，又低下头继续朝灌木深处前进。这时我明白了，两条狗肯定发现了灌木和芦苇丛中的鹬鸟的鸟巢，它们到那里去的目的就是"打劫"。

看到步步紧逼的狗，鹬鸟愤怒了，叫声更加惨烈，毫不犹豫地对两条狗发动了攻击。鹬鸟伸出长长尖尖的爪子，俯冲而下，朝狗抓去。

两条狗也许没想到鹬鸟敢来真的，一时没反应过来，稍微撤退了几步，愣愣地看着鸟的攻击。

鹬鸟不依不饶，毫不留情，发动一波又一波的攻击。一只鹬鸟终于抓到了黑狗的身上，黑狗一声吠叫，伸头朝鹬鸟反击。看到黑狗反击，黄狗也跳起来向鹬鸟咬去。

一时间，双方你来我往，纠缠一起，进入了胶着的战斗状态，那会鸟鸣撕裂，狗吠冲天，场面惊心动魄，震撼人心。鹬鸟身躯不大，很是敏捷，来去迅疾，并懂得迂回包抄，刚刚从头顶俯冲，旋即变为侧翼进攻。两条狗却没有太多的办法，只是一味地跳跃撕咬，却根本够不着鹬鸟。

鹬鸟尖叫着，攻击着，反复多次地俯冲，让它们不时有凌乱的羽毛飘落，不由很让人替它们担心。

在又一波的攻击中，一只鹬鸟再一次地抓到了黑狗的身上，这次可能抓进肉里有些疼了，黑狗一声哀鸣，居然掉头逃跑了。看到黑狗逃走，黄狗也不敢恋战，也紧跟着黑狗夹着尾巴落荒而逃。

两只鹬鸟仍然尖利地叫着，对两条狗穷追不舍，一直把两条狗撵出有三百米远，才善罢甘休。

两条狗跑了，一只鹬鸟赶紧飞回巢穴，而另外一只却停在离我们不远的路肩土上，依旧不停地鸣叫着。

难道鹬鸟是在对我们发出警告吗？

这么想着，加之天色已晚，我们也赶紧离开。

从在建的高楼下经过时，我不由回首看了一眼那片灌木丛，在夕阳余晖地映照下，那片灌木丛显得格外迷人美好，那里是鹬鸟最后的领地了，不知道它们还能够在那里坚持多久。

野炊是个好词

作协拟组织一次活动，几个美女嚷嚷要去野炊，这个提议获得了大家一致赞同。于是在这个春天里，野炊这个词就像一粒种子种在了我们的心里，随着春风的撩拨春雨的召唤，生根、发芽、茁壮生长、葳蕤繁茂，仿佛我们整个心间只长着这种叫作野炊的植物，再无其他杂草。这种植物生命力很旺盛，它不仅占据了我们的内心，甚至还侵略了我们的梦，梦境里总是那绿水青山、白云蓝天、袅袅炊烟……

也许我们整天生活在钢筋水泥的世界，禁锢的心需要一丝放纵；也许我们与生俱来的浪漫情怀，注定我们要有着不同寻常的演绎；也许我们无法逃脱人间烟火，所以各种滋味我们都得品尝；也许生活永远都充满着憧憬，我们只是想尽可能地让生活丰富起来。

万家灯火是一幅迷人的画卷，而野炊将是这幅画卷中那轻描淡写的一笔。

野炊是个好词。我们向往那种田园的氛围，而田园是一个人文的概念。我们每个人的内心深处，田园总是有意无意地提醒着我们不要忘记故土和根。田园之中是故乡是自然是小桥流水是牧童横笛是野炊的那缕轻烟。

野炊是个好词。徜徉在真实世界里，我们真的应该让自己回归一种人性的本真。野炊只是一种形式，形式之外，我们眼中只是那山那水那景那物那人那情。清风，阳光，鸟鸣，笑语……一切的一切都只是一种真实的存在，真实应该是我们此生最大的精神追求。而吃只是一种可有可无的附属物了。

野炊是个好词。野炊可以寄情可以抒怀可以达意。"寓馆无常地，轻装不宿谋。迷途问根叟，过渡上渔舟。野饭香炊玉，村醪滑泻油。还家亦无事，随处送悠悠。"陆游野得悠悠。"积雨空林烟火迟，蒸藜炊黍饷东菑。漠漠水田飞白鹭，阴阴夏木啭黄鹂。山中习静观朝槿，松下清斋折露葵。野老与人争席罢，海鸥何事更相疑。"王维野得清闲。

野炊的本质在于野，野也是一个好词。野是一种雅趣是一种乐趣是一种情趣，野的精髓是一种心灵的愉悦精神的释放情感的表达。

进行一次野炊，就是进行一次人生的洗礼一次感情的宣泄一次灵魂的飞升。

晒暖儿

老家的房子一律坐北朝南，梁高屋敞，廊檐阔绰，这样的房屋视野开阔，冬暖夏凉。每逢雨季，雨幕从屋檐落下，诗意而浪漫。到了冬日，在宽宽的屋檐下晒暖儿，那真的是一种幸福的享受。

小孩子其实不冷，在阳光下奔跑，跑得浑身是汗，累了，才来到屋檐下。阳光迷离，照花了小孩的双眼，也照花了他们的心思。心思活泛了，身体就开始不老实，三五成群的小孩就在长长的廊檐下排起长队，然后有人喊："一二三"，接着，他们便使出吃奶的力气，开始往一块挤压，被挤出队伍的，对不起，请到阴凉处待着。这个游戏的名字叫"挤油"，他们乐此不彼地挤着，直至剩下最后一个胜利者。屋檐下是小孩的欢乐场，那里滋生的是笑声和童趣。

最喜欢晒暖儿的是那些老太太。一个人晒没什么意思，一般是两三个人，她们经常搬张靠椅坐在墙根下，手抱着火炉，或者脚踏着火炉。火炉上是一件衣服或者是用布角缝制成的"棉片子"。她们眯着眼睛晒太阳，神态是那么的从容而安详。身子暖了，几个人就东一句西一句地重

182

温那隔年的陈谷子烂芝麻，或者谈论着各家的春种秋藏，还有家家那本难念的经。椅子旁边放着一根小木棒，那是感觉到火炉里的火小了的时候，用来拨弄火炉的"拨火棍"。晒暖儿的老太太，是屋檐下永恒的风景。其实冬日暖阳就像一个温和的老人，经历了太多的世事风云，看惯了太多的悲欢离合，最后一切都归于平淡。冬日暖阳就是老人不经意间流露的一个微笑，真实而随和，不觉中就打动人心。

晒暖儿是人们冬日最温暖的体验。没有春日的那份迷离缠绵，没有夏天的那份虚假热情，没有秋季的那份高高在上，太阳只有在冬天才与万事万物是那么的亲近。冬日暖阳以它最具亲和力的态势照向大地，温暖着人们的心房。在冬天，随便抓一把阳光，你就能感到上帝的垂爱，就能嗅到幸福的味道。

冬日暖阳下是一幅暖色调的画，画中的世界充满着一种蓬勃向上的朝气和一种浓郁的生活气息。那金黄金黄泛着光芒的麦秸垛，那晾衣绳上翻晒着的被褥，那院墙边悬挂着的串串诱人的腊肉，还有在山冈原野上随意溜达着的老狗，无不向人传递着一种深入肺腑的暖，让你感受到暖意在全身轻轻地流动。

冬日暖阳是上苍对人类的恩赐，是天空对大地的眷恋，是春姑娘留下的情思。

冬日暖阳温暖你我，照亮前方。

转身，与秋撞个满怀

季节的更迭，总在不经意间进行，或是一场雨，或是一阵风，就完成了四季轮回，风景转换。

我们还在感叹这个夏季炎热而漫长时，因了一场雨，蓦然回首，却发现，秋意阑珊，正朝我们微笑。原来再溽热的夏天，终抵不了一场细雨的温柔。秋雨缠绵，只消一个夜晚的时间，戾气而狂躁的夏就缴械投降，一觉醒来，季节就换了容颜，你便会感到一份清爽、一份薄凉。

秋风渐起，当第一片落叶从枝头斜斜飘落，那是秋风对大地的第一声问候。秋风从树梢轻轻掠过，那些树叶明白，这是秋风向它们传递的信号，它们应该准备起身回家了，回到母亲的怀抱，等到春天到来时，再披新装。

秋风从原野走过，田畴原野里的庄稼都成熟了。那些稻谷都害羞地低下了头，它们都是待字闺中的少女哟，只等待着一声镰响，便可以幸福地出嫁。那些芝麻、黄豆、红薯、花生都已十月怀胎，在渴望分娩时的那份喜悦。那些星星点点的野菊花迎风而开，热烈而烂漫，把秋天的山岗渲染得那么富有诗情画意。

秋水一改夏日的那份奔放与不羁，变得内敛而含蓄，秋水共长天，秋水伴空山，那么的安之若素，那么的静如处子。池塘里的那些荷花已败，但那些荷叶却犹自从秋水里撑起生长的信念；那些红菱弥漫着季节的芬芳，把我们思绪扯得漫长而悠远。

季节深处，该成熟的终会成熟，该饱满的必将饱满。我闻到了那些果实诱人的香甜。柿子由青变黄，银杏硕果累累，板栗被自己尖利的刺刺得咧嘴而笑，石榴一高兴就袒露了隐藏已久的心事。那水灵灵的黄沙菇，又撩动着多少人垂涎。

蝉声式微，渐行渐远，蛙鼓如歌，在为丰收送上最后的赞歌。而秋虫却唱亮了月光。蝈蝈、蟋蟀、黄蛉、金蛉子在每个夜晚暗自较劲，唱出自己心中最美的歌谣。萤火虫又开始提着灯笼去寻找它们丢失已久的梦。

真的，一个转身，不小心就与秋天撞个满怀。

听听小鸟说什么

紫薇、香樟、四季青、广玉兰，从植物园内这些树木身上，我还没有真切地感受到春天的味道。春天的气息却在空气中流淌着，春风送来了阳光的明媚与温暖，那种暖，熨帖、滋润、和畅、轻快。

植物园落叶铺陈的土地内和弯曲蜿蜒的小径上，草色点点，绿意点点。花，有一种，黄色的蒲公英，这永远的报春使者，早就盛开着早春的喜庆。

那些杂草丛中，生长着灰褐色的地菜，引得我满心欢喜，于是我的全部精力都放在了找寻地菜上，而忽略了那些鸟鸣。

其实，鸟鸣一直都在。从我们到达植物园时起，那些小鸟就在树梢上鸣叫着，只是我没有在意而已。

女儿的话，提醒了我。女儿在小径上奔跑着，忽然她停下脚步，问我："爸爸，那些小鸟一直在叫，它们在说什么啊？"

我站起身，才恍然觉得，我们正被无边的鸟鸣声所包围。我的目光越过那些不高的树木，居然发现了那些小鸟的踪影。斑斑点点的花喜鹊，通体黑色的八哥，小巧玲珑的黄莺，还有灰色的斑鸠，更多的是那精灵一样的麻雀。它们有的在树梢上梳理羽毛，有的在树木间跳跃，有的就栖息在树枝上歌唱。

鸟鸣声不绝于耳。循着鸟鸣声，我仿佛看到了一个欣欣向荣的春天。

春天说来就来了！花草树木又活泛出丝丝灵动的韵味，温柔的春风总有意无意把心撩拨得蠢蠢欲动，还有土壤下那些滋滋生长的响动。小鸟们都是先知，它们已经听到了春天的召唤，站在早春的枝头尽情歌唱，开始享受春天的美丽。

春天来了，一切就该有新的开始。日子在春风里继续，生活在春雨里前行，我们应该给自己一份春天的心情，带着微笑上路。春天里我们可以尽情编织梦想，放飞希望，可以把春天的故事演绎得酣畅淋漓且个性张扬。生命是趟单程车，从春天出发，应莫负春光，一路向前。要知道风景始终就在路的两边，抬眸所及，我们的眼里便是整个春天。

这个世界是多彩的，满眼都是葱茏的繁华，草长幸福，花开美丽。请相信，春天里总有一朵属于自己的美丽！人生无处不春天，无边春色一定会在我们的心中铺展绵延。

听听小鸟说什么。我知道它们的歌喉里，唱出着对春天的礼赞，对生命的热爱，对自然的感恩。

来自西花厅的海棠树

今年夏日，我又一次来到邓颖超祖居，来看那两棵海棠树。海棠树安静地生长在院落里，院落里花木满圃，修竹绕阶，鲜荷盈池。两棵海棠是那里最高大的树种，直立挺拔，卓尔不群。正是海棠挂果之际，树叶稀稀落落，两棵树上都挂满了青色的海棠果，不大，就像野山楂一样。海棠果挂在枝头，像极了一盏盏绿色的小灯笼，那么招眼，那么小巧，那么可爱。我站在树下，仰头、凝望、遥想。这是两棵来自中南海西花厅的海棠树，时光荏苒，海棠依旧，而斯人已逝。

央视播出的电视连续剧《海棠依旧》，是根据周恩来侄女周秉德创作的《我的伯父周恩来》改编而成的，讲述了从新中国成立到周总理逝世期间，周恩来在工作和生活中感人的事迹，生动呈现了周总理为国操劳、为民服务、鞠躬尽瘁、死而后已的家国情怀和壮丽人生。该剧以政协会议、开国大典、抗美援朝、万隆会议、邢台抗震、中美建交等大事件为背景，以西花厅那扇小小的窗口为依托，真实地再现了周总理殚精竭虑、无私奉献的精神；坚定不移、矢志不渝的信念；艰苦朴素、清正廉洁的品格。每每看来，令人感动流泪。

西花厅的海棠树是周总理和邓大姐的最爱，一枝一叶总关情啊！海棠树的枝枝叶叶、花花果果都记录着周总理脚步匆匆的背影、见证着他日理万机的劳碌、铭记着他忧国忧民的情思。海棠无语，寸心自知。

周总理逝世 12 年之际，邓颖超专门写了一篇纪念文章，标题就是《西花厅的海棠花又开了》，邓颖超以细腻的笔触，饱满的情感，深情追忆了与周恩来相知、相识、相爱的过程，真切展现了革命者的精神与品质。邓颖超在文中深切写道：你不在了，可是每到海棠花开放的时候，常常有爱花的人来看花。在花下树前，大家一边赏花，一边缅怀你，想念你，仿佛你仍在我们中间……我认为你一定随着春天温暖的风，又踏着严寒冬天的雪，你经过春风的吹送和踏雪的足迹，已经深入祖国的高山、平原，也飘进了黄河、长江，经过黄河、长江的运移，你进入了无边无际的海洋。你，不仅是为我们的国家，为我们国家的人民服务，而且你为全人类的进步事业，为世界的和平，一直在那里跟人民并肩战斗……邓颖超是最了解周恩来的，她的评价客观、真实、公允。

邓颖超的祖籍在河南光山，那里建有邓颖超祖居纪念馆，2011 年的时候，周秉德等人专门从中南海移栽两棵海棠树到邓颖超祖居。因此我们有幸能够看到来自西花厅的海棠树。海棠年年开花，岁岁结果，看到海棠树我们仿佛看到了周总理忙碌的身影，鲜活的面容，爽朗的笑声，好像他从未走远，一直还在我们的身边。海棠花里，有他最真的爱，最深的情，最赤的心。

"思念的海棠花 / 簇拥着艳丽 / 如片片飞雪化作春泥 / 山河向你诉说 / 歇息吧 / 我们敬爱的周总理。"

花自芬芳女只悦己

与朋友相约到春江花木基地赏花，据说那里的月季花品种纷繁，争奇斗艳，非常美丽。

我们到时，的确见到了那一片灿烂，各色月季摇曳多姿，顾盼生辉。几位美女一声惊呼，纷纷融入那月季花海，与花争宠了。

几位男士也纷纷掏出手机，忙不迭地拍照，似乎要把那份美丽永留心底。

满园月季云霞一片，芬芳四溢，不由让人心旌摇动，欲醉欲仙。

只是，我们没能赶上月季最美的花期，那满园的月季虽然依旧光鲜，却还是难掩美人迟暮。这不由让人略有遗憾。

一男士不由一声叹息，连说早来几日就好了。

有美女哂笑道：你早来晚来，月季还是月季。

我听出了这句话的潜台词，月季只是月季，只为自己鲜艳。

你有你的季节，我有我的春天。你来与不来，我都盛开。花只是花，她只考虑自己的花事，花开花谢，其心自知。牡丹花开，根本不去关心

190

动不动京城；梅花凌寒，才不去过问蜂蝶来与不来。我自芬芳，不管清风，不与明月。

看着美女在花丛流连，突然明白女子更懂花事，其实世间女子莫不如花。

有美女在月季花前玩自拍。

有男士笑问：拍给谁看？

美女眉毛一扬：我孤芳自赏。

这口吻居然和我老婆如出一辙。

大凡女子都很爱美吧，老婆大人也每天花费不少精力梳妆打扮，有时占用梳妆台太长时间，我不免讪笑：我就在身边，你描给谁看。

老婆也是眉头轻皱：别臭美了，我孤芳自赏。

就那么突然明白了，所谓"女为悦己者容"，那才真正是臭男人们的一厢情愿而已。女只悦己，别无他者。

有一朋友，已然大龄剩女多年，照样每天笑容灿烂、花枝招展，我行我素。原来她每天都开在自己的春天里，那份美丽，不需要任何人去体会。

凭谁说"有花堪折直须折"？花才不稀罕，我的枝头我做主，世间繁芜，我只盛开。仅此。

手挽长弓射大雕

　　20 世纪 80 年代初，我在一所乡村学校上学，父亲也在那所学校任教，学校是小学和初中一体的。那时我上小学五年级，父亲教初中。有一天夜晚，我到父亲办公室去玩，无意中在一个老师的办公桌上发现了一本书，书是大十六开的那种，已经有些破旧，我拿过来一看，书名是《射雕英雄传》。书是那位老师在课堂上没收学生的。那时，我所接触的书只有两种：语文和数学。根本不知道什么武侠小说抑或其他的课外书。我翻了翻，里面的文字很快就吸引了我，就趴在那里看了起来。那位老师很友善，说我要是喜欢的话，就拿回家慢慢看，并开玩笑地说，千万不要在课堂上看哟，不然会被别的老师收去的。我就抱着书，如获至宝地走了。

　　就这么，我拥有了自己的第一本课外书。并用课余时间很快地就看了一遍，虽然那时候才十多岁，还有不少字不认识，但是大体上还是能够读得通的。书中那些性格鲜明的人物形象，那些扣人心弦的打斗场面，很快就俘虏了我那颗小小的少年的心。每天都在冥想着自己要是那绝世的武林高手，那该多好。每次几乎就是在这样的幻觉中进入梦乡，甚至在梦里，自己就是那身怀绝技的郭靖，独步走江湖，仗剑少年行。

《射雕英雄传》就这么走进我小小的世界，那本书带给我的影响是深远的、终身的。在整个初中时期，《射雕英雄传》已经记不清被我看了多少遍了，几乎到了能随意讲述的地步。随着年龄的增长，我再看到的已经不仅仅是书中的武打场景，逐步能读懂武打之外的是非善恶、江湖恩怨、爱恨情仇、英雄本色。《射雕英雄传》是金庸的成名作，是其"射雕三部曲"开篇之作，下接《神雕侠侣》和《倚天屠龙记》。小说围绕"靖康之变"，历史背景突出、故事跌宕、场景纷繁、气势恢宏、人物鲜明、语言流畅。读罢令人掩卷难忘。跟随着作者的笔触，很容易让人融入那个鲜活的世界中，走进那些大侠和英雄群体中，大块吃肉，大碗喝酒，刀光剑影，闲云野鹤，快意恩仇，惬意人生。不论一代天骄成吉思汗、鲁钝拙朴的郭靖、侠肝义胆的江南七怪，还是老顽童周伯通，他们身上都散发着人性的光辉和英雄的气息，让人仰慕倾倒。不论是降龙十八掌、打狗棒法、一阳指，还是九阴真经，这些虚构的高深莫测的武功秘笈，总是让人着迷心仪。

小时候的我，体弱多病，清瘦矮小，所以，我很是仰慕英雄人物，希望像所有武林高手那样拥有健壮的体魄，威武的形象，精湛的武功，像他们那样出没江湖，行侠仗义。那时，我就有了一个不可言表的英雄梦。也许每个人的心中都会有着自己的英雄梦。但是我觉得我的英雄梦是那么的直接那么的不可阻挡。在我少年的心中，我觉得我今后就应该策马奔腾、轰轰烈烈，像英雄那样笑傲江湖。

因为有这样的英雄梦，从《射雕英雄传》开始，我读遍了金庸的所有武侠小说，上大学期间，有一周时间要求学生大扫除，那一周，我创纪录地一口气读了16本金庸小说。金庸小说每部的第一个字连起来是"飞雪连天射白鹿，笑书神侠倚碧鸳"，我都认真读过，如数家珍，随着金庸娴熟的文字，在刀光剑影、血雨腥风中追逐着英雄的脚步，郭靖、萧峰、张无忌、杨过、令狐冲……他们都是我的偶像，是我灵魂的载体。金庸的武侠小说，有恢宏的历史场景、有真切的家国情怀、有豪迈的英雄主义。他塑造的英雄们虽然经历不同，但是他们都一样是少年英雄，精忠爱国，武艺超群，匡扶正义，铲除邪恶。他们的慷慨与激情常常令人热血沸腾，正气飙升。他们用轰轰烈烈的英雄事迹抒写人生的壮美，谱写青春的篇章。让人油然而生艳羡和敬仰，让人总想如能"手挽长弓射大雕"，此生足矣！

　　大学毕业一段时间里，虽然工作安排了，但是单位却没有通知上班。那时住在乡下的一所小学校，白天还热热闹闹，可到了夜晚却是出奇的冷清，让人无聊、困顿、寂寞、迷茫。因为在乡下，想去租借一本武侠小说看看，也是那么的困难，得骑着自行车跑到二十几里远的县城，看完了，再骑车送还，非常麻烦。在又一个百无聊赖的夜晚，我突发奇想，既然租借不易，我何不自己写武侠小说自己看呢？说实话，当时这个想法也着实让自己吓了一跳，也感觉是那么的幼稚和可笑。但是备受无数个无所事事日子的折磨后，我真的不知天高地厚地动笔写武侠小说了。小说的题目是《盖世神功》，从题目看就知道是有关武功秘笈的，主人公当然是自己了，少年英雄，背负神功，美人相伴，行走江湖，演绎着侠肝义胆、豪情满怀、轰轰烈烈的武侠传奇……让我在自己的文字中实实在在地过了一把英雄的瘾！我的武侠小说写到200多页的时候，我终于熬来了通知我去上班的日子。于是就搁笔，开始了人生的又一场真实的经历。虽然我的武侠小说半途而废，但是因为自己曾经写过武侠小说的缘故，我从此走上了文学创作的道路。这得源于那个小学的一位老师的一句话，他因为无意间看了我写的武侠小说手稿，就对我说，你真有毅力，居然为了练字而去抄武侠小说。当我说那是我自己在写武侠小说时，他居然张大了嘴巴说，你可以当作家。于是我就信以为真了，就做起了我的作家梦。如今二十年过去了，我的作家梦算是实现了，出了书，加入了省市作家协会，还当上了县作协的副主席。可是还有一个梦一直萦绕在我的身边，那就是我一直不懈追求的英雄梦。

所谓英雄者，必有壮志凌云之志，气吞山河之势，腹纳九州之量，包藏四海之胸襟，肩扛正义，救黎民于水火，解百姓之倒悬。那是时势造就的大英雄。就像习近平总书记说得那样："一个有希望的民族不能没有英雄，一个有前途的国家不能没有先锋。"中华民族向来崇尚英雄、成就英雄、英雄辈出。岳飞、文天祥、戚继光、邓世昌、黄继光……他们以他们的壮志豪情演绎着不朽的英雄史诗，在历史的天空闪耀着永恒的光芒。让人顶礼膜拜，永志难忘！

时代更需要我们尊敬英雄、学习英雄、捍卫英雄、关爱英雄，让英雄情怀万古流芳。然而，我知道，对于大多数人来说，英雄梦永远只能是梦。如我之平庸之辈，在国泰民安盛世太平之际，立足本职、爱岗敬业、默默奉献，做一位自己心中无名之英雄，仅此。

大侠仙逝，江湖已远，英雄本色，长留人间！

能饮一杯无

唐朝的诗人大多能饮酒。太白先生是他们中的杰出代表，一首《将进酒》把喝酒写得酣畅淋漓，勾起多少人的垂涎。你看他的粉丝杜甫是如何评价他的：李白斗酒诗百篇，长安市上酒家眠；天子呼来不上船，自称臣是酒中仙。把他酒后狂放不羁的性格刻画得入木三分。

再看王翰写的《凉州词》：葡萄美酒夜光杯，欲饮琵琶马上催；醉卧沙场君莫笑，古来征战几人回。马上就要上战场与敌人短兵相接了，他却酩酊大醉，独步踉跄，这份洒脱谁人能比？

就连最让人尊敬的白居易居然也嗜酒如命，我只知道他号"香山居士"，却不知道他还有一个外号叫"醉吟先生"，原来他不仅嗜酒，而且道行很深。为了能够常常杯不离口，他还自己酿酒，"白居易造酒除夕赏乡邻"原来还是一个脍炙人口的故事而被传为佳话。

有一个冬天的傍晚，北风呼呼，快要下雪了。白居易酿好了新酒，不由酒瘾大发，可一个人在家独饮又没什么意思，于是他就去找他的好友刘十九想让其来和自己一起喝。可是刘十九却不在家，白居易只好怅然而归，但他还是心有不甘，临离开前就给刘十九留了张便条，约他回来后去喝酒。这便是流传千古的《问刘十九》：

> 绿蚁新醅酒，
> 红泥小火炉；
> 晚来天欲雪，
> 能饮一杯无？

"我酿好了淡绿的米酒，烧旺了小小的火炉，天色将晚雪意渐浓，能否光临寒舍共饮一杯暖酒吗？"

啧啧！诗人就是诗人，信手拈来，就妙笔生花。写个便条，就弄得诗意盎然意境幽远空灵美好隽永悠长。你看写得多么情深意切贴心润肺，真是让人怦然心动盛情难却。说得那么美妙，换作是你，能不去赴约吗？

其实就是约人喝酒，白居易却写得浪漫神秘高雅。

没办法，谁让他是白居易呢？

原来约人喝酒也是一件技术活。

世上只有一个白居易，只有一首名垂千古的《问刘十九》。试想如果换作别人，给人留纸条约酒又将会如何呢？

我想，如果是个读书人，胸中有一点墨水，也许会写得文绉绉些："十九君，炉已生，酒已温，天将雪，能饮否？"

或是："刘郎，薄酒已备，只待君来！"

如果是个大老粗，就肯定写得浅显直白通俗易懂了："刘十九，来喝酒。"

或干脆就是："老刘，搞酒！"

但总归都没有白居易的邀请那么富有感染力。"能饮一杯无"，一句轻轻的问候会直达你的内心，仿佛有一种强大的力量，让你感受到冬天那份融融的暖意，未闻酒香人已醉！

"能饮一杯无"，已成经典，无可超越。

萤火微光亮心田

　　我们这里有一道谜语题：光山县出南门，出了四个大能人，一个用针不用线，一个用线不用针，一个点灯不干活，一个干活不点灯。谜底是四个小动物或昆虫。其中，"一个点灯不干活"指的是萤火虫。夏秋的夜晚，总能见到无数的萤火虫亮着微弱的灯盏在低空慢慢地飞行，它们轻盈的姿态总能让人感受到生活的闲适和美好。萤火虫曼妙的舞姿装扮了故乡的夏夜，也丰富着我童年的梦境。

　　萤火虫小巧的身躯，却能发出如豆般神奇的微光，一闪一闪，忽明忽暗，是那样的撩人心旌。小时候，面对那点点荧光，我除了喜爱，更多的却是好奇。总会捉着一只小小的萤火虫，把它放在手心，看它在掌上闪闪发光，却总是搞不懂光是怎么发出的。少年总是习惯于新鲜，很快，我就把它放飞，而再去捉另外一只研究……那样的夜晚总是月光如水，远山朦胧，蛙声如鼓。数不清的萤火虫在草丛和秧田里翩翩舞蹈，那样的场景真的很美，很震撼人心。弱小的萤火虫在属于自己的生命季里，用星星点点的光芒舞出自己的灿烂，常常令我为它们感动。正如泰戈尔的诗句："你冲破了黑暗的束缚，你弱小，但你并不渺小，因为宇宙的一切光芒，都是你的亲人。"它们用微弱的光，点亮故乡的夏夜，也点亮我幼小的心田。

正是在萤火飞舞的夏夜，父亲给我讲了车胤囊萤读书的故事。车胤幼时家贫，没有钱买煤油，在夏夜，他就想出一个办法，用一个白绢口袋，抓了几十只萤火虫放在里面，然后借助那微弱的光芒刻苦读书。那时，我也住在农村，家里也没有钱经常点煤油灯。听了车胤的故事，也抓了萤火虫置于鸭蛋壳里放在书本前比画，比画也只是好奇而已，并没有真正用于读书。可不管怎样，却记住了那个故事，记住了萤火虫那点微光的作用。它们那些许的微光肯定照亮了车胤求知若渴的心田。

"每个晚上，萤火虫都在跳无声的舞，而我便是那唯一的观众，萤火虫跳得畅快，我看得也痴迷。"这是中国萤火虫研究第一人付新华教授在他的著作《故乡的微光——中国萤火虫指南》自序中写的语句。这本书是付教授十三年心血的结晶，是一本独一无二的关于萤火虫的读本，既是记录，也是怀念，带你走进梦幻般的萤火虫世界。付教授用优美的文字表达了对萤火虫、对故乡、对童年那些微光的挚爱与怀念，以及对萤火虫正在消失的现状的无比忧虑。付教授追随着萤火虫那微弱的光芒走过许多地方，感受着萤火虫的微光所带来的震撼和力量。然而，他感觉到那些从前频频出现在唐诗宋词中的萤火虫，现在却在渐渐消失，跟它一块消失的还有我们的故乡。

没有萤火虫的童年不值得回味，没有萤火虫的夏夜不值得喜悦。如今，我也多年没有看到萤火虫了，不知故乡的那些精灵是否安好？

倒是今年"七夕节"的新闻让我再次对它们深深地牵挂起来。"七夕节"本是源自牛郎织女的传说，慢慢地被演绎成中国的"情人节"，而这个"七夕节"，人们却让萤火虫参与进来，让萤火虫摇身变为"情人节表白利器"！淘宝店一个月能卖出 100 万只萤火虫！相传，牛郎织女每次见面，天都会下着细雨，人们说那是牛郎织女的眼泪。如果今年你看到雨水涟涟，我知道那不会是牛郎织女的泪水，而是萤火虫的。

萤火虫的生命很是短暂，只有不到 20 天的时间，20 天是多么宝贵，我们真的不应该去打扰它们，让它们用自己熹微的光芒去替我们守卫故乡，去照亮我们的心田，去享受它们自己生命的乐趣。

包书皮

　　开学了，上小学四年级的女儿一领回新书，就迫不及待地让我给她包书皮。我找来硬皮彩纸，很认真地包起来。女儿很高兴，目不转睛地看着我裁纸、折叠、粘胶布。费了好一会工夫，我才将女儿的几本书都包上花花绿绿的书皮，很是美观。女儿喜滋滋得一本本地看，简直是爱不释手。望着女儿的欢喜劲，我的心中也荡漾着幸福。

　　包书皮一直是我的优良传统和拿手好戏，从上小学开始，当教师的父亲就谆谆教导我要爱惜课本，就教我包书皮。那时用报纸和牛皮纸包，虽然不很好看但却很耐用。父亲说课本是很神圣的，唯有对课本百般呵护，才能得到课本的青睐和润泽，才能从课本中学到知识和本领。在一年年书皮地更迭中，我攀缘着课本的阶梯一路前行，享受着文字带给我的精神愉悦。

　　因为写作的缘故，我喜欢书，相信只有通过不断的学习，才能提高自身写作水平。所以一有闲暇我总会逛书店买书，买回后，首先包上书皮，再慢慢赏读。我想只有给书安排妥帖了，书才能体现出自身的价值，更好地释放迷人的风采。现在总能收到全国各地文友寄来的作品集，收到书后，我总是给它们做好标签，包好书皮，然后认真学习。我觉得它们穿越千山万水才置于我的案头，那是一种缘分，面对缘分，我唯有珍惜。

尊重知识应该从爱惜书本开始，不爱惜书本的人不算真正的读书人。有一次，单位一位司机在我办公室看到一本杂志，很喜欢，说借去看看。我很是慷慨就借给他了，说实话我是欣赏喜欢看书的人。可是，等他还书时，我肠子都悔青了。那本杂志一经他手，才短短几天就变得面目全非了，封面直接破损，内页满是褶皱，让我很是心痛。更可气的是他说，书他根本没来得及看，是放在车上被弄成那样的。从那以后，他再也从我那里拿不去一本书。

而我对借来的书，却是倍加珍惜。去年在一朋友家里看到一本贾平凹的小说《带灯》，翻了翻，很是引人入胜，朋友很善解人意，让我拿去看。我满心欢喜，拿回后小心翼翼地用白纸包上书皮后再读。等我还书给朋友时，朋友看着洁白的书皮，对我竖起了大拇指，并说今后凡是我看上他的任何书，随便拿。

面对着一本崭新的书，我们就应该像爱护我们眼睛一样爱护它。用心用爱把书包个书皮，把它打扮的漂亮些，看着也觉得赏心悦目，再看就平添了动力，不觉就陶醉其中。我觉得书应该是绝色女子，巧作装扮，风情无限，悦己悦人。